串起星星的手

星をつなぐ手

村山早紀

韓宛庭——譯

目錄

序章 白百合花

「……『上了年紀以後，自己再熟悉不過的身體，也產生了各種驚奇的變化啊。』」

柏葉鳴海唸出腦中浮現的句子，執起偏愛的鋼筆，在稿紙上輕快地塡入文字。藍灰色的墨水今天也如此美麗，二十四K金的筆尖柔軟舒適，連鳴海略顯稚氣的歪斜字跡，都被修飾成優美的筆觸。

她從年輕便在週刊上連載散文，多年來不曾中斷。編輯要她輕鬆自在地分享喜愛的事物，無須感到壓力，大概是因爲這樣，個性反覆無常又容易膩的她才能書寫至今。

這是一家在箱根歷史悠久的小溫泉旅館，位在偏離大街的郊外，像座遠離塵囂的祕密小屋。鳴海從年輕時便將其列爲口袋名單，如同字面強調的神祕感，旅館也樂於替她保密行蹤。因此，每當鳴海想要獨處，就會翩然造訪。

「『前陣子，我竟然發現鼻毛變白──是鼻毛，不是頭髮喔！原來連鼻毛也會變白啊，眞不敢相信。』……嗯──這樣寫會不會沒氣質呢？」

鳴海抱起雙臂，盯著稿紙。老舊藤椅的椅背發出嘰嘎聲。

再怎麼說，她也是從前的超級偶像，現在國內外電影獎項的入圍常客，獲獎無數、在茶水間深受敬愛的「小鳴鳴」，她的散文裡，出現「鼻毛變白」這種句子沒問題嗎？

沉思了一會兒，鳴海毅然決定……

「算了，就這樣寫吧。」

她笑了笑，重拾鋼筆。

「挺好的啊，很像小鳴鳴會寫的散文。」

夏日豔陽穿透旅館的磨砂窗灑入，室內一片明亮。話雖如此，山林間的老店旅館空氣冰涼沁人，不開冷氣也很涼快。就在剛才，午間新聞播報東京都內今日高溫超過三十五度，和這裡彷彿是不同世界。酷似浪潮聲的寒蟬鳴叫一波波襲來，教人心曠神怡。

「不好意思啦。」

鳴海輕輕吐舌。總覺得只有自己逃離夏日魔掌，她不禁有點——眞的只有一點點，覺得對不起在城市揮汗打拚的親朋好友。預計秋季上檔的連續劇，今天也在炎熱的凡塵如火如荼地拍攝鳴海沒有登場的戲分，內容是大正時代的華族物語，舞台從秋季橫跨冬季，全員必須身穿華麗戲服。劇本裡寫到露天派對的橋段，拍戲時一定很熱吧。可是，在攝影棚裡拍攝就很涼爽嗎？其實不然。聚光燈熱度驚人，戲服裡時常又悶又熱，汗如雨下，簡直快把人煮熟了。

「沒辦法，散文的截稿日快到了嘛，我這叫自主閉關。」

身旁並無其他人，但她忍不住替自己找理由。鳴海總是這樣，因爲寫得太過愜意，一不小心超過截稿日。蹲在自家公寓想破頭也不是辦法，於是她在黎明時分攔下計程車，逃亡到深山裡閉關。

這個散文專欄，總共連載幾年了？

「——不對，不是『幾年』，應該要用『幾十年』來計算。」

遙想當年，鳴海還是十來歲的小姑娘，「愛看書的偶像」這個特殊身分，使她收到雜誌邀稿，說爲期三個月就好，想邀她在雜誌上連載短篇散文。想當然，這是經紀公司從中安排牽線，但鳴海還是相當高興。問題來了，詞彙不多，腦袋也不聰明的她，如何在成年人閱讀的雜誌寫作呢？她很害怕。

說來，鳴海甚至不曾好好寫過一篇文章，頂多在學校寫過作文、讀書心得、圖畫日記那類的，國文成績也不好。她喜歡讀散文，但只是興趣，並不認爲自己是寫作的料。

（可是，轉念一想……）

每週寫稿，說不定能鍛鍊文筆，培養思考的習慣。不懂的地方邊查邊寫就行了，如此一來，還能多多認識廣大的世界。

工作忙到接不完——這件事本身令人開心，但她好不容易考上高中，卻幾乎沒去學校上課。鳴海因爲家庭因素，國中時也沒有機會好好讀書。

她熱愛偶像工作（如今也認爲從事演藝是自己的天職），然而，生活幾乎二十四小時被工作占滿，總覺得再這樣下去，自己會變得空空如也。於是，她嚴守最後防線，利用等候錄影的時間、坐車移動的時間，還有在宿舍睡前的一小段瑣碎時間，逢書就讀，和文字保持接觸。

（當成學國語，試試看吧。）

要是寫得太差，對方也不會採用。和平時工作一樣，量力而爲吧。

於是，她邊煩惱邊翻字典，動筆書寫，起初連稿紙的用法都很陌生，用鉛筆塗塗改改，橡皮擦不停地擦，時常弄破稿紙。公司的前輩、經紀人，乃至在錄影現場遇到的大人覺得有趣，和她分享了許多事。成年人有很多類型，並非所有人都是好人，但是，就連那些平時感覺很兇，甚至風評不佳的人，都對努力向學的高中生新人偶像相當友善。

身邊的人紛紛出借參考用書，送上家裡的舊字典；時常關心鳴海的重量級女演員給了她用不完的稿紙與昂貴的鋼筆。聽說這位女演員早年也因爲家庭因素吃了不少苦，鳴海認爲，她或許從自己身上看見了從前的自己。

鳴海和這位演員一樣父親早逝，自食其力償還了逝者留下的債務，成爲家中的支柱。進入演藝公司以前，她忙於多項打工，學校只是補眠的地方。儘管兩人不曾面對面暢談往事，僅有幾句交談，但想必能共有同樣心情。

大女演員總是引頸期盼雜誌出刊，每週捎來明信片，用漂亮的字寫下讀後感。明信片上殘留些微百合花香水氣味，鳴海曾嚮往成爲這樣的大人。她問了香水品牌，在百貨公司買到，發現和自己不搭，便將香水瓶留在房內當擺飾。

連載佳評如潮，爲期三個月的專欄延長爲一年，又變成三年，遂成人氣專欄，編輯說：「有空時再寫就行了，請您永久寫下去。」

拜連載所賜，鳴海克服了寫作的心理障礙，回過神來，完成了數項散文工作，寫的內容集結成書，前後加起來出了好幾本，各自小有成績，陸續再版。

時光荏苒，如今前輩離世，告別式的供桌上鋪滿的白花，還有那漂亮的遺容、滿溢的白百合與德國鈴蘭的香氣，鳴海必定永誌難忘。

昔日贈與的鋼筆，至今仍爲她雕琢出優美的字跡。儘管再也收不到大前輩捎來明信片，只要拿起這支鋼筆書寫，前輩生前最愛的香水味彷彿圍繞在側——無須言語，也能感受到她的陪伴。

直到雜誌銷量嚴重下滑，她才驀然意識到時間已過多年。倘若鳴海的散文停止連載，一定不是被腰斬，而是因爲雜誌宣告停刊。

「時間久到連鼻毛都變白了呢。」

她不禁苦笑。

當年懵懂無知的少女偶像，不知不覺，已經超越從前每週寄來心得明信片的前輩年紀了。想到前輩當時多忙，更能感受到其中滿滿的心意，鳴海心頭一揪。如今，自己能做到一樣的付出嗎？對感情不錯、偶爾在片廠遇到的新人如此無私付出？

傳承。大概是上了年紀吧，最近腦中隱約浮出這個語彙。鳴海沒有小孩，沒有能夠傳承下去的物品，頂多留下演出的作品、抄寫下來的語句，還有寫過的文章，這些東西終將隨風而逝，被人遺忘，宛如至今眾多被製造出來又被遺棄的物品，宛如她的人生。

究竟鳴海這個人，以及她所遺留下來的物品，可以為誰帶來幸福呢？能夠將這個世界導向幸福的方向嗎？思及此，鳴海對於自身的渺小感到痛心。既然有幸來到這個世界上，如果可以，她多想將活過的證明連同幸福美麗的記憶一同刻畫在這個星球，想要活得更有意義而不虛此行。

「我也想要更多才華，想要生得更漂亮，想要拚命學習語言，也想多接觸國外的工作。」

有了這些條件，能做到的事會更多吧。能達成更棒的工作吧。想到人生所剩的時間不多時，也會更加不甘心吧。

「可是呀……」

就在這一刻，她突然想起如同供桌上的白百合花那般輕柔，那位大女演員的溫柔眼神。前輩的心情，是不是和她一樣呢？前輩就連躺在病床上的時間也讀著劇本，藉由大量閱讀揣摩角色心境。她的人生，沒有一刻休息。

人肯定就是如此，朝著更高遠的目標奮鬥不懈。至少命運不凡之人，擁有這樣的使命感，如同魚兒不停悠遊，飛鳥不停翱翔。

驀地，鳴海嗅到白百合花香水的芬芳，抬起頭。

「總之，快點把散文寫完吧，快要輪到我攝影了。」

交稿之後，回歸灼熱的都市，夥伴等待的地方。

陳舊的鋼筆劃出悅耳的聲響，在稿紙上交織出藍灰色的文字篇章。和最初執筆時一樣，忠實地表達心情。

旅館老闆娘送上茶與茶點。老闆娘應該比鳴海年長許多，穿起紹織和服身段優美，完全看不出年紀，身上帶有一種以工作爲傲的脫俗氣息，沉靜中散發著淡淡熱忱。

茶香四溢，和平時一樣，熱度恰到好處，茶點則是手工蘋果羊羹。沁涼的茶點以玻璃器皿裝盛，附上的銀湯匙也經過細心涼鎮。

旅館將冬天採收的蘋果及各類水果製成果醬、冷凍保存，時常端出水果做的甜點和料理。鳴海一如往常連聲大讚好吃，老闆娘也一如往常坐在紙門邊開心微笑。

「今晚爲您準備了美味的香魚，還有現摘的蔬菜喲。」

「謝謝老闆娘。」

這不是客套的道謝，鳴海是發自內心表達感謝之情。

老闆娘叩地敬禮，退出走廊，以優雅的動作闔上紙門。無論面對任何訪客，她都拿出最貼心有禮的態度接待。想當初，鳴海初次造訪這家旅館時，還只是一個沒沒無聞的小女孩。猶記那年夏日難得出現空檔，鳴海漫無目的地晃到箱根，突然間迷了路，就這樣冒冒失失闖進來。如今鳴海能輕易想像，這麼高級的旅館，即便老闆搬出「不好意思，今日已客滿」打發她走也不奇怪，然而當時老闆娘竟笑臉迎人地說「歡迎光臨」，予以接待。

「妳看看妳，流了好多汗呀。」老闆娘遞上冷毛巾，像照顧孩子般，為她拭去額頭上的汗珠。旅館人員急忙去汲水，送來裝了井水的木盆和柔軟舒適的毛巾，替她清洗骯髒疲累的雙腳。

老闆娘的神情態度，和當年如出一轍，旅館人員親切的招呼與老闆娘愛徒廚師端出的料理，味道亦不曾改變。鳴海好喜歡這家旅館，未來一定也會繼續喜歡下去。

那是什麼時候發生的事呢？好久以前，老闆娘不經意地向她道謝。

「那天呀，因為柏葉小姐稱讚好吃，說以後還會來光顧，我才下定決心要守住旅館。」

原來這間旅館雖是歷史悠久的老店，但老闆娘的孩子去了都市便不再返鄉，面臨後繼無人、人手不足的困境。丈夫不久前生病去世，老闆娘正考慮要收山，讓旅館結束在這一代，好巧不巧，鳴海在這個時機迷了路，闖入旅館，開心地享用料理，還說很好吃，一定會再來，以後還要住這家旅館。聽說老闆娘見到她的表情後，忍不住想多看一次那張笑臉；不，看多少次都不嫌膩。最後，她下定決心，繼續經營旅館。

往事久遠，鳴海已經記不清了。說來，當時那些話語也只是鳴海的口頭禪，因爲眞心覺得好吃，所以不吝稱讚；因爲覺得舒適，所以想再度光臨。她想，頂多就是如此程度。

怎知，鳴海的話語竟在不知不覺間發生魔法的力量，成爲這間小小老店旅館老闆娘的心靈支柱，使她下定決心，繼續守護這個舒適的環境。

（傳遞心情太重要了。）

從今以後，鳴海謹記在心。

感謝的心意、欣喜的感受……所有重要的心情，都要好好說出來。如此一來，語言終有一天會變成魔法，守護自己珍愛的事物，召喚來幸福也說不定。

鳴海很幸運，擁有些微的才華和運氣，加上努力，才成就今日。但她終究只是個凡人，能做的事情相當有限。不過，也許魔法的力量就藏在這些句子裡。

所以，她想把握活著的時光，多多施放魔法到這個世界上。

「我知道自己還算年輕。」

鳴海喃喃自語。縱使鼻毛變白，但仍不到老太婆的年紀，現在就爲人生倒數，似乎稍嫌早了點。

可是，她有所自覺，自己已經到了同世代的友人幾日不見便突然倒下、驟然離世的年齡。自己還能替這個世界做多少呢？

還能迎接多少次夏天呢？

聽著潮騷般的寒蟬叫聲，她不禁焦急——不是被逼急那種焦急，算杞人憂天吧。

風起時，盈滿綠意的枝葉輕拂磨砂窗，那是櫻花的樹枝。鳴海在櫻花盛開的季節住宿過無數次，所以知曉。儘管現在還是枝葉繁茂的夏季，見到的仍是樹木年輕的姿態，但有形之物終有消失的一天。

明年賞櫻應該不成問題。可是，下一年和下下一年的櫻花，可就無法保證。

「——明年能看到櫻野鎮的櫻花盛開嗎？」

與這裡相似的山間觀光老鎮裡，遍布滿山遍谷的櫻花樹，這些櫻花樹守護著那座小鎮，以及那裡的小書店。

在靜謐的氛圍沉澱下，鳴海回憶起今年夏天因緣際會下拜訪的小鎮書店。很遺憾這次沒搭上花季，明年春天，能否遇見恰似淡桃色晚霞的櫻花呢？

能否在櫻花繚繞的小書店裡，挑選想買的書呢？

鳴海微微一笑，托起臉頰。

那家書店裡有身材高䠷、溫柔體貼，且非常適合穿圍裙的男書店店員、看似聰明的少年、白色的鸚鵡與可愛的小貓，洋溢著童話氛圍。無巧不成書，這名青年正是將鳴海舊識的書列爲重點書主打的大恩人，在種種機緣牽引下，她立刻對這家小書店產生了好感與親切感。遇到在哪買都好的書，她甚至願意騰出時間，千里迢迢去店面支持他們，業界的親朋好友也常替這家書店宣傳。

「眞希望櫻風堂書店能一直經營下去呢。」

鳴海想守護他們。聽說這家書店曾面臨歇業危機，因爲年輕店員接手，使書店得以延續，令她相當感動。她向來對人情禮義的故事特別沒有抵抗力。

再者，短短數年之間——不，如此感傷的變化應該持續了十幾二十年了，書店一間接著一間倒閉，從鎮上消失。這股令人悲傷無奈的時代潮流，也是她想盡一分心力的原因。

年輕時，鳴海爲了擴充知識，在經紀公司宿舍旁的小鎮書店買下許多書，如今那家店也不在了。整棟建築物被拆除，地面鋪上水泥，改建成投幣式停車場。

狹小的梯形土地上，親切的店長及其一家開的二層樓書店曾經在那裡。一樓販賣雜誌、文庫本、文學暢銷書和實用書；踩著發出嘰嘎聲的樓梯來到二樓，能找到學習參考書和漫畫單行本。如今閉上眼，書店格局和書架配置仍歷歷在目。

鳴海上高中後迷上閱讀，決定飽覽群書而頻繁往書店跑，當時店內架設多座直達天花板的大書櫃，面對高聳密實的書籍寶山，就像掉進漩渦，頓時不知選讀哪一本才好。

至此之前，鳴海沒有閱讀的習慣，因此只能像隻無頭蒼蠅，連自己該讀哪些書、可能喜歡哪類書都不曉得。

儘管毫無方向，她還是想盡可能多讀一點，只好隨手挑選，買了帶回家讀。持續買書一段日子後的某天……

「小姐，若是不嫌棄，我可以替您選書喔。」

收銀台內傳來溫柔的招呼。當年若是少了這位戴眼鏡的店長幫忙，可能就沒有現在的鳴海了。

店長的年紀相當於鳴海死去的父親。儘管氣質和只有小學畢業、愛喝酒、喜歡找人吵架的父親截然不同，但那張具有親和力的笑容，還有望著來到店裡的小朋友的溫暖眼神，和父親無比神似，鳴海馬上對他產生好感，而店長也格外疼愛鳴海。

店長邊和鳴海聊天，邊挑選可能對她胃口的書，不忘事先詢問預算。他總能精準挑出不擅長讀漢字的鳴海也能閱讀無礙、厚度適中的書，輕鬆地介紹給她。

那些年，鳴海讀了好多岩波文庫的經典名著。覆在褐色書封上的半透明薄紙的觸感，至今仍無法忘懷——她後來才知道那叫玻璃紙。當年買下的書，如今已老舊泛黃，變得破破爛爛了，然而隨身攜帶、反覆閱讀的記憶從不褪色。

她讀了安徒生童話、讀了耶麥（註）的詩集，漸漸接觸起古典文學，以岩波新書帶起的風氣爲契機，漸將閱讀觸角延伸到各大出版社推出的新書開本，透過閱讀學習到古今中外的人類歷史文化。同時，鳴海也在店長的推薦下讀了熱門書和暢銷書，學會享受閱讀的樂趣。

同時，鳴海開始接洽週刊雜誌的連載工作，越做越穩，店長和店裡的人也大力聲援鳴海的連載。

起初，鳴海每天都去那家書店報到——曾幾何時，次數減少了。鳴海已經能夠獨自挑書，即使去陌生的書店或大型書店，也能自行買書了。坦白說，鄉村小書店的藏書量開始不敷使用，另一個原因是她工作變得更加繁忙，時常忙到深夜甚至黎明時分才回家，趕不上小鎮書店的營業時間。

一天，她久違地行經書店門口，發現緊閉的鐵捲門上貼著歇業的公告。

書面客氣寫著「延續四十年的老書店，經過種種考量，決定在此歇業，請包容老闆的任性」。文中提到他們一家能在這座小鎮經營書店，何其三生有幸，這也成爲了他們的生存意義。

公告附上的結束營業日，已經超過一個月了，鳴海愣在店門前，萬分沮喪。眞希望自己在倒店前過來，或是至少也在最後營業日前來道別。好幾個月下來，她就這樣毫不知情，愉快地工作著，日子過得笑聲不斷，也在其他書店買下書。她懊悔不已，責怪自己這段期間為何一次也沒想到要回來光顧呢？

說不定店長和他的家人一直在等鳴海造訪——思及此，她相當抱歉，難過得不得了。那是網路尚未普及的年代，書店倒閉之後，無從知曉店長一家去了哪裡、過得好不好。迄今鳴海仍無法得知現況，只希望他們一家平安健康。有時甚至忍不住幻想，像他們這樣的愛書人，若能繼續在某個小鎮開書店就好了。

他們會在某個角落祝福鳴海的事業嗎？會想念她嗎？每當鳴海這麼想，內心就加倍感到愧疚。

那家小鎮書店——豐富了柏葉鳴海這個人的心靈與知性的小書店，如今只能在記憶中造訪。

綜觀現代，想必有更多數不清的書店如此消逝在某人的記憶當中。鳴海不熟悉網路，也沒有使用推特的習慣，但不時聽聞書店倒閉的消息從社群傳開。約莫三年前，報導說平均每天有一間書店歇業，之後再也不曾聽聞景氣好轉，可想而知，如今每天仍有許多書店

註：Francis Jammes（一八六八～一九三八），法國抒情詩人，以簡易的字句歌詠山野、生物、少女和信仰，其詩集很早便大量譯介至日本。

不斷從小鎮上消失。

鳴海懷念店長親切的笑容和招呼，觸碰書架、拂過書背，將之放整的溫柔指尖，以及有趣的新書到貨時，雙眼迸射光芒，孜孜不倦向她介紹的模樣。每天消失一間的書店裡，肯定有許多人和那位店長一樣，熱愛自己的工作，努力維持營收——直到某天終於束手無策，只能關閉心愛的店鋪，從此銷聲匿跡。

鳴海闔上雙眼，想起櫻風堂書店，想像它在不曾親眼目睹的櫻花錦簇中佇立的身影。眼底浮現的風景，與回憶中的懷念書店融合在一起，恍惚之間，彷彿當年那家小書店仍活在櫻花的懷抱之中。

第一話 夏日結束的早晨

液晶螢幕顯示出經銷商的預定配量，一整在電腦前低語：

「糟了……」

他完全以爲《靛色疾風》會鋪進店裡，對此深信不疑，怎知最新集數不會送來。

給櫻風堂書店的進貨配額顯示爲零。

他感覺撐在桌面上的手心在冒汗。

這是最受歡迎的時代系列小說睽違多時的新書，講述猴子殿下的民間遺子——在長崎學習西洋醫術、心地善良的女醫美鈴，與從小和她一起長大、負責守護她的年輕武士齋藤伊織，兩人隱瞞祕密戀情，維護小鎮和平的故事。

主角群身邊圍繞著江戶小鎮富魅力的登場人物，凝聚起向心力，美鈴心愛的忠犬和可愛的貓咪大受歡迎，加上令人食指大動的美食描寫，使它成爲長壽系列，即將推出最新的二十集。有歡笑有淚水的名作口碑持續發酵，締造了陸續再刷的銷售佳績，最近甚至傳出將由大電視台改編爲連續劇的小道消息。

在這間顧客年齡層偏高的小書店，也有許多書迷引頸期盼看到續集。一整的腦海裡浮現顧客的臉龐，例如某某先生和某某女士，想必他們會在四天後的首賣日興沖沖地造訪櫻風堂。

（我太大意了。）

要是早點注意到，就能提前詢問下訂，或是尋求其他補救方案。

出版社是大公司。在一整之前任職的老字號書店——銀河堂書店，這套書理所當然會鋪到文庫區。銀河堂書店位在車站旁的百貨公司裡，也是顧客年齡層偏高的書店，負責這套時代小說書系的出版社業務常會笑咪咪地來店打招呼。

加上前面集數維持穩定銷量，每當書系推出重點新書，不用書店提醒，業務就會自動帶著店頭宣傳物（宣傳新書用的立架或海報等）現身，接受書展提案，也樂於主動推出企劃，提升銷售業績，連簽名書都能拿到數十本，每次都銷售一空；其中特別暢銷的，就屬《靛色疾風》了。由於一整自己也喜歡這部作品，所以格外用心布置，除了手寫ＰＯＰ立牌，還費心替已出版的每一集製作大綱，印成類似傳單的小夾報。

有時候，出版社業務和責任編輯會帶著作者高岡源來店頭問候。高岡是苦熬多年始成名的作家，年紀輕輕便摘下新人獎，接下來卻無人問津。聽說他在一間小型設計公司上班，一面持續寫作，年過五旬新推出的文庫作品終於大賣，躋身暢銷作家之列，寫作生涯遲來地開花結果。

高岡個性謙和穩重，笑容和眼神明亮柔和，店員從他手中接過仔細簽名的簽名板時，他會九十度鞠躬道「謝謝你幫我賣了這麼多書」。握著這雙溫暖包覆的手，一整曾暗暗發誓，要替這位作家多賣幾本書。

記得當時書系業務笑咪咪地在旁觀看。

（我太天真了……）

一整曾發信通知那位總是笑臉迎人的業務，自己改到櫻風堂工作了，之後也寫信聯絡過簡單事項。如今回想，兩封信都沒收到回音，一整認爲對方只是太忙，並未深思。

來到櫻風堂書店以後，該出版社的時代書系進貨量少得可憐，一整心裡也多少放棄了，消極地心想，自己剛來這家書店工作，應該能憑藉著從前和大出版社的交情，慢慢改善現況吧。一方面也是因爲多數作品並不急迫。

但論及《靛色疾風》，情況不能等閒視之。一整從來沒懷疑過進貨問題，心裡雖然知道多少會被砍量，但一定會進吧。店頭宣傳物也不會少吧。他對這部系列作品懷有許多感情，這是務必想親手替作者販賣的書，他想在櫻風堂繼續推書，怎知人算不如天算。

（業務恐怕判斷，既然我已離開銀河堂，就不需要套交情了。）

一整慢慢察覺，那位大出版社業務的笑容不是對著自己，而是銀河堂書店。書店的文庫區負責人是不是一整，都無所謂。

（心態不夠成熟的人，才會覺得自己被背叛。說起來，都怪我在商場上太天真。）

他對那張笑容深信不疑，覺得彼此既像朋友也像戰友。如同福和出版社的大野，多位業務一如從前與他接洽，他不小心就將之視作理所當然，仔細想想，也許只是運氣好。

腦袋可以理解，卻不由得感到心寒。

眼看新書即將在四天後發行，到底該如何挽救呢？如何克服難關，在店頭鋪上《靛色疾風》的最新集數呢？顧客必定深信來櫻風堂就能帶著新書回家，引頸期盼發售日到來。

自己被切割事小，他可無法坐視櫻風堂書店被顧客嫌棄。

櫻風堂書店只是一家鄉間小書店，但從遙遠的明治時代，便是山中小鎮重要的文化燈火，歷經歲月傳承至今，培養出無數讀者；給予文字薰陶的同時，也深受當地居民的支持喜愛。在出版寒冬與書市瞬息萬變的現代，鄰近的其他書店紛紛翻船倒閉，被巨浪吞沒，只有櫻風堂的現任老闆細心掌舵，才免於書店淹沒於時代洪流。

如今這位老闆病倒了，雖然逃過死劫，但體力尚未復原。他在養病期間信賴一整，將整間店託付給他代管，反覆進出醫院治療，目前雖然度過了危險期，但一整深怕書店稍有閃失也會危及他的性命，因而兢兢業業。一整自幼經歷家族死別，櫻風堂老闆既像父親也像祖父，在他心中就是如此重要。

如此重要的人託付的重要書店，他不容許被人糟蹋。既然老闆把店交給了他，他便有義務不讓顧客失望。

「──一整哥，你怎麼了？」

善於察言觀色的透停止擦拭書架，回過頭來。

這名適合穿圍裙的少年就讀小學六年級，是櫻風堂書店老闆的孫子，今年暑假，他比一整剛認識時更愛笑了。今天早上，直至方才爲止，他都開心地和一整聊學校老師，現在卻露出小心翼翼的不安神情。

「怎麼啦？怎麼啦？」

放在窗邊的鳥籠裡，可見白色鸚鵡「船長」在棲木上邊踏腳邊愉快地重複著：「怎麼啦？怎麼啦？發生什麼事啦？」牠歪過脖子。「情況不妙？狀況緊急？嘎嘎！」

一整從原飼主家收養船長之後，意外和牠生活了頗長一段時間，這隻鸚鵡的小腦袋瓜在想什麼，總像一團謎。牠和一整在因緣際會下，一同搬遷至這座小鎮生活。一整至今仍無法參透鳥類的情感表達，但總覺得船長被透和店裡的客人稱讚聰明可愛之後，看起來相當得意，似乎也很中意在這裡的生活。

透的室友——在旁邊的椅子上蜷成一團打盹的三花貓愛麗絲，眼睛微微睜開一條縫，似乎嫌吵。愛麗絲是透最要好的朋友，只要透在店裡皆形影不離。面對新來的一整，她似乎認爲「好吧，要我認同你，也不是不行」。相遇之初，愛麗絲還是隻幼貓，但貓兒成長迅速，短短幾個月就長大了不少。

即將邁入九月的夏末早晨，清爽的風穿過微開的拉門和窗戶縫隙，吹入坐落於山間櫻野鎭的櫻風堂書店，好似清涼的汽水，總爲一整的肌膚帶來幸福的感受，可惜今日早晨，他沒有多餘心思享受這一切。

小鳥鳴囀、枝葉摩挲聲與寒蟬鳴叫，從四面八方流瀉而來。身在這座小鎭裡，這些都是再自然不過的日常光景，隨時隨地都感到心曠神怡，也一再讓一整慶幸自己來到這家古老的小書店是正確的決定。

直到今天遇到這些事——

「我沒事。」

一整端出笑臉，回答孩子和鸚鵡。

「我發現自己忘了做一件重要的事，就那麼一件。別擔心，我已經想起來了，還來得及補救。」

「那就好……」

透微微一笑，那是成熟的笑容，因爲出於信任和好意，所以在笑容裡藏起憂慮。

一整關掉網頁瀏覽器，闔上電腦說：「我去送貨。」

他抓起捆好的雜誌。

「很近，我去去就回。」

「出門小心。」

一整回頭，揮揮一隻手，腳步匆促地踏出店門。他想盡快重拾冷靜，在調整好心情以前，他不想被透看到。

一整不小心穿著圍裙出門，一面感受圍裙迎風翻飛，一面踩著自行車思考對策。

（冷靜點……送完貨後，回店裡打電話給出版商，詢問有沒有解決方案。）

首先要釐清問題癥結，說不定只是不小心忘了送。

（但這種可能性不高。）

一整心情一沉。他之前聽老闆提過店內配量淒慘的問題，說來感傷，然而鄉間書店和小書鋪拿不到新書，並非一天兩天的事。暢銷作家的熱門新書常大批鋪進城市的大型書店，疊成書塔當宣傳話題，反觀努力想替客人爭得一本書的小書店卻一書難求。

櫻風堂老闆和其他沒分到配額的書店老闆，長期在艱困的環境下努力叫貨，多一本是一本，持續不懈地奮戰。

換句話說，自己接下來要守護的對象，是屈居劣勢的小書店。重新體認到這點之後，一整做好應戰的心理準備，用力踩著自行車。他多希望背部發涼不是因爲害怕，而是武士迎戰前的興奮抖動。

「總之，要在《靛色疾風》新書發售以前努力挽救。」

一整心知肚明，想要直往（由出版社業務親自送書）基本上不可能，這間出版社位在東京，距離實在太遠。搭電車得按照路線繞遠路，開車過來一定比較快，問題是，業務驅車趕來最快也要兩小時，考慮到來回移動的時間就要四小時，一整無法任性要求業務撥出如此寶貴的時間送書來櫻風堂。如今，他和出版社業務失去了信賴關係，強硬叫對方送書來，恐怕也無法賣得像在銀河堂時那麼好。

（如果可以自己去拿貨就好了。）

這種時候，他很後悔沒考汽車駕照，早知道趁念書時努力一點，先考下來備用。一整長年獨居，多半靠書店兼差的微薄收入維生，沒有那個時間和金錢，但他忍不住幻想，如果有駕照，書沒鋪到店的時候，就能直接去找經銷商討書了。

最糟糕的情形，也能以顧客身分去提前販售的名店買書，上架到自己店裡。這麼做當然沒賺頭，還可能造成赤字，但客人的笑容沒有任何東西能取代，哪怕賠錢，總比失去信譽好。

雖然會多花運費和手續費，不過還有向經銷商叫書這一招，前提是有庫存。《靛色疾風》是暢銷文庫，書店同行會爭相要書，沒有庫存的可能性很高。現在訂書也來不及了，不是得等再版等到天荒地老，就是要等其他書店退書後才有可能進貨。

（不能空等不知何時才會進貨的書。）

不能讓顧客等，務必發售日當天就有書。

最適合商量的對象，當然是那位認識的業務，畢竟這套時代文庫系列由他負責，但一整就是不想找他。一整向來排斥商場競爭，不習慣與人搏感情。明知只要平常心交涉就好，他卻怕聊著聊著無法克制怒氣，光想像就好疲憊。

所幸，騎自行車通過這塊綠意盎然、歷史悠久的避暑盛地，吹著櫻野鎮美麗街道的涼爽微風，一整比剛才冷靜多了。他慶幸櫻風堂老闆短期住院不在，他才有餘裕可應付。車輪的聲音十分悅耳。

（唉，真的不行的時候，大不了坐電車去附近的大型書店買書。）

一整頓時閃過「如果銀河堂書店近一點就好」的想法，只要找柳田店長商量……不，不行。一整邊跳下自行車邊搖頭。

他在給咖啡廳送雜誌的路上，喃喃自語說服自己：

「……我不是銀河堂的員工了，不能一直仰賴店長。」

柳田六朗太店長總是用高大的身軀，無私地守護仰慕他的後進，時而出手相助，是個可靠又老練，有點愛管閒事但充滿善意，受人愛戴的書店人，在一整因故引咎辭職後，持續給予關心和協助。倘若兩間書店距離很近，一整肯定一天至少往返一次。現在由於櫻風堂距離銀河堂所在的風早鎮路途遙遠，加上顧慮到櫻風堂老闆可能自有考量，柳田店長才刻意按兵不動。

「畢竟店長疼你像疼貓咪一樣。」

負責外國文學的副店長塚本保，在簡短通信的最後如此寫道。塚本自己也很擔心一整的狀況，從遠方提供各項協助，一整也在他的牽線介紹下，開始在出版社的宣傳刊物和年輕族群的雜誌撰寫書評專欄。

最近，對銀河堂書店的內部情形莫名熟悉的網友「星之松鴉」，在信件中這樣寫道：

「我猜啊，銀河堂書店的員工把你當成『家中老么』了，你走了以後，他們都很寂寞，感覺你跌跌撞撞的，忍不住想照顧你。」

星之松鴉是一整在網路上的多年知交，不曾公開身分，一整只知兩人年齡相近，而他自稱是書店同行。從他本人留下的資歷來看，說不定比一整年輕一點。

一整和他一樣，長年在網路上寫書評網誌，在眾多書友當中，就屬星之松鴉與他閱讀品味最相投，不但個性聰明伶俐，還不時提供各式各樣的知識到饒舌的地步，擁有卓越的精讀能力。感覺比實際推測年齡更加成熟，偶爾會流露出焦慮不安、纖細易感的反差，令一整訝異。

兩人不曾在現實中相約碰面，因此無法確定他說的話有幾分眞假。眞要說起來，在網路上使用男性用語的他也可能是女性，儘管口語打字看起來像年輕男人，但一整不曾聽過他的聲音，無法一口咬定。不過，兩人若在現實生活中見面，應該也能成爲好朋友。星之松鴉就是這樣一個讓他期待有朝一日相認的友人。

先前，星之松鴉因爲與一整通信的關係，開始成爲銀河堂書店的常客，最近似乎更常造訪，和店員們混熟了，舉凡店裡的傳聞、哪個書架的哪本書特別賣、哪個手寫POP立牌値得一看，他都會利用彼此網誌的留言板、推特的推文或私訊功能告訴一整。如他本人所說，他好像眞的很中意銀河堂書店。星之松鴉的語氣本來就很開朗，最近感覺心情更好，時常主動找一整（和他接手的櫻風堂書店官方社群帳號）攀談。

「大家最近過得怎麼樣呢……」

一整回想昔日書店夥伴的臉孔。當他離開銀河堂時，憂心不捨的那位同事和這位同事，以及繼承一整想在店裡主打名作《四月的魚》的意念，全力動員推書的夥伴們。除此之外，也仰賴銀河堂書店所在的老字號百貨公司「星野百貨」的聲援，《四月的魚》在銀河堂書店創下戲劇性的銷售佳績，口碑從此延燒，成爲全國暢銷的熱賣作。

得到機會曝光，加上作者曾是名人的身分加持，書籍出版後持續熱銷，看起來有機會成爲長銷書。

一整認爲最開心莫過於此。一時熱賣固然美好，倘若力道不足，熱頭一過，轉眼就會從賣場消失，不復記憶。與之相比，能夠留在賣場，常駐日本全國書店架位的書，應屬至高無上的幸福。跨越時代、作者和出版商，直至一整這些賣場店員都離世，書仍繼續存活，刻下作者和販賣者的心情，成爲時代的渡船。只有經典能超越時空，永久流傳。期待這本書也能像眾多經典那般永垂不朽。

忽然間，一整想起一位銀河堂的老同事，童書區負責人卯佐美苑繪所畫的一幅圖。替《四月的魚》宣傳而構思的那幅圖裡，畫下了星空、魚群、川流，以及如女神般閉上眼睛，獨自佇立於大地的女性，將整部作品的世界觀濃縮進一幅畫中，象徵出浩瀚的宇宙及生命。

同時，一整認爲那幅畫也像苑繪自身，靜謐、沉穩，乖巧中蘊含熱情，如同火焰被封入水晶、冰塊或水流當中。

離職之後，一整始終沒機會見到苑繪本人，無法將內心的感受傳遞給她。就算見到她，恐怕也無法直率地將這份感動說出來。

一整不善言辭。再說，渺小如他，有什麼資格高高在上地稱讚別人的畫呢？一整身爲一介書店員工，多少懂得審美，也有這方面的自信，但他只是想傳達對於那幅畫的感受，並非透過專業審美予以肯定讚美。

他把苑繪的插畫印成海報，展示在櫻風堂，撤展後貼在自己房間，想不到神奇地產生一種與苑繪對話的錯覺，彷彿身在她家。

回過神來，滿腦子都在想著苑繪。

一起工作時，除了一整木訥，苑繪也是內向的女孩，因此兩人幾乎不曾交談，為什麼會這樣呢？

有時，他會因為苑繪本人不在這裡而寂寞。

店長和副店長皆曾不經意造訪櫻風堂。店長是藉打高爾夫之便而來，副店長則是來溪釣，兩位都說「順便」，實際上卻有些距離。他們邊點頭邊欣賞一整接掌的櫻風堂書店，喝著透沖的茶和咖啡，吃了手工餅乾，摸了摸貓咪和鸚鵡才走。

期間，一整也透過簡短的交談，詢問關於書店今後的走向，有幸得到兩人不著痕跡的建言。比方說，一整計畫慢慢將櫻風堂書店轉型為咖啡廳書店，針對這點打聽兩位前輩的建議。

本來這件事應該找櫻風堂老闆商量，但老闆將整家店託付給一整之後，放心地退居幕後；此外，一整也怕驚擾抱病的老人，希望他不要操多餘的心，好好休養。因此，有既是人生路上的前輩，也像年齡差距大的兄長的兩人可以商量，一整實在萬分感激。

首先煩惱的問題是，若將一樓闢作咖啡區，書架勢必得減少。他擔心未來只靠書店業續難以維持，所以想增加咖啡席，但得為此犧牲書店機能，讓他猶豫。明明是書店，卻要減少賣書量。

櫻風堂的二樓目前仍留有閒置的置物間，這裡從前擺了童書、漫畫書和學習參考書架，不時舉辦說故事活動，成為兒童閱讀空間。聽說從前由熟知童書的老闆娘一手負責，老闆娘駕鶴西歸後，二樓就荒廢了。老闆無法獨力看管兩層樓，因此二樓不再作為店鋪空間，童書區也縮小移到一樓。聽說一方面也是因為山區孩童數減少。一整想到，如果要在一樓增設咖啡區，可以重新開放二樓空間。

一整找兩位前輩商量這些想法，他們大致贊同，只是——

「——問題在於人手不足啊。」

一整揣著雜誌，邊走邊輕輕嘆氣。

如果要開放兩個樓層，至少需要兩名店員，這還只是「至少」。一整和老闆一人各管一層亦不妥當，這樣沒有時間休息，更無法排休。此外，倘若至少要增加一名員工，憑櫻風堂現在的營收也不足以聘任正職。

也許可以尋找彼此條件吻合的人手，以打工或兼差方式請他來顧店。

但是，人手不足的情況下本來就忙，只提供微薄待遇，恐怕徵不到人，遑論是在地處山區的櫻野鎮，就連位在大都市的銀河堂書店，也常爲徵人所苦。

（如果可以，想找一個熟悉漫畫和輕小說的人進來，我這個願望太奢侈了嗎？怎麼想都很困難啊。）

既然要增設童書和漫畫區，能找到專精於這方面的店員負責當然最好。一整本來就喜歡童書，能自己讀，但漫畫和輕小說則毫無自信。這兩種類型的書，情報量非常龐大，需要大量知識及熱情，只有發自內心喜愛的人才能勝任。

（我還想貪心地在一樓增設人文書區。）

若將二樓集中爲年輕族群和兒童專區，哪怕一樓多了咖啡席，門口附近應該還能多放一個書架。一整盤算著，若能增加現在櫻風堂沒有的人文書區，一定很棒。

人文書探索人類世界和人類存在的意義，能無縫延伸至其他書種，完美融合不同種類的書，自古以來就有不少經典名著。一整的祖父身爲學者，家中書架總並排著人文書和古典文學，餵哺一整的精神長大，這些書成爲一整的知識泉源，奠基了他的思想。

現今，一整仍難以割捨對人文書的喜愛，卻無力追遍所有新書和熱門書。時代不同了，每天都有洪水般的新書相繼出版，他光要追緊自己負責的文學類文庫就費盡全力。

（再說，我也沒有信心管理人文書區。）

說來，這類書也只有領域界線模糊，實則浩瀚深邃，屬於涉獵廣大的類型書區，布置書架的店員必須擁有相應的知識才行。論及此，一整還太年輕，歷練不足，他自己是這麼想的。打造人文書架需要成熟內化的知性，方能具備相應的選書能力，現在的他做起來可能會太輕浮。

資歷上，櫻風堂老闆或許比一整適任，但整間店望過去找不到人文書架，可想而知，老闆的興趣不在這裡。老闆擅長文學類型的文庫本，而這也是櫻風堂長年深耕的類型，必然深受小鎮居民喜愛。

考慮到書架和平台面積有限，只好先以文學類為主，放棄人文類型。由此可見，人文書並非老闆不惜捨棄文學和文庫書架也要設置的書種。

（但如果可以，我想增設人文區。）

既然要把一樓改裝爲咖啡廳書店，勢必需要一個比較硬派的書櫃，讓人一看便知是書店，最好能勾起對老舊圖書館的懷想，藉此增加書店深度。不能都放娛樂類型、生活實用、熱門話題書和低門檻的書，一整想向顧客傳達一個理念：這裡是書店。

（可是，我能找到負責人文書架的店員嗎？）

他必須找到甘願領計時薪水，以兼差形式揮灑力量和知識的人才。

想必在城市都很難找到。說穿了，這是以夢想爲號召，行壓榨之實。

一整思索著咖啡廳書店的可能性和書店今後的經營方針，跑遍整條商店街的店家送雜誌，反覆騎車、下車與送貨。

他和居民互道早安，在遼闊的鎮內移動，一共去了美容院、牙醫診所、理髮院、餐館、旅館、飯店和教會，替訂戶送雜誌。看到日漸熟悉的居民笑臉，彼此簡單幾句寒暄，他便無比開心。知道自己送的每一本雜誌爲人所需，有人在等著自己，令他幸福又驕傲。

櫻野鎮是一座綠意盎然的山間小鎮，遠方可見波光粼粼的廣大湖泊，聽著啁啾鳥囀、蟬鳴如雨與沙沙風聲，翻越小山丘和熠熠生輝的小溪，渡過古老的木橋，爲人們遞送刊物，彷彿誤闖繪本世界，不知不覺便能放鬆心情。

這陣子，一整反覆思考如何妥善經營咖啡廳書店，蒐集值得參考的書籍做功課，正式展開籌備。隔行如隔山，咖啡廳和書店是截然不同的領域，這個決定還關係到老闆和小透的人生，一整肩負重任，難免感到壓力。正因滿腦子被這些事物占據，才會忽略了《靛色疾風》的進貨問題。說穿了，就是大腦超載——換個方式思考以後，一整拾回冷靜。

最後要送的幾本書是料理雜誌和踏青誌。之前收到年齡層偏高的重機雜誌訂貨期號，雜誌剛好進貨，他便一起送來。

商店街的尾端有間爬滿藤蔓、古色古香的小紅磚屋咖啡廳，手製招牌面向鋪石步道，上面寫著「音樂咖啡廳　風貓」。聽說這裡本來是一間老餐廳，歇業後進駐的咖啡廳沿用了原先的裝潢，老闆是從城市提早申請退休的卸任編輯，翩然住進這座小鎮，名字叫做藤森章太郎。

藤森完全融入鄉村生活，怡然自得，因此，一整在聽說這件事跡以前，誤以爲他是當地老居民。藤森也是懂得不著痕跡照顧人的類型，回過神來，一整也受過他不少幫助。

現在似乎在準備開店，木門敞開，從中流瀉出音樂，曲目是披頭四的〈艾蓮娜瑞比〉，歌詞唱出孤獨終老的女人艾蓮娜與小教會孤單神父的心情。一整不熟悉音樂，卻很喜歡這首歌，因此能聽出這家的老音箱設備品質非常好。

僅有小窗的店內光線昏暗，古董照明燈下，老闆藤森站在吧檯後方，使用細心保養的虹吸式咖啡壺準備煮咖啡，輕輕閉上眼睛哼著歌，手指動作像在彈吉他。店內擺滿唱片和CD收藏架，牆邊長椅上放著老闆私人收藏的老吉他。

「早安。」

一整客氣地打招呼。

「哦，一整小弟，早啊。」

藤森訝異地睜開眼，浮現略帶害羞的笑容道謝，雙手抱起雜誌。

「哦？你怎麼啦？」

他發現一整藏在鏡片下的雙眼神色有異，馬上出聲關切。

「什麼？」

「沒有啦，你的表情比平時僵硬，我擔心店裡出了什麼事。」

一整趕緊摸了摸臉頰附近。

藤森莞爾微笑。「你的心情都寫在臉上了。」

一整說不出話，垂下肩膀。

「這樣眞不好。」

「不會啊，我比較欣賞你這種人，値得信賴。要不要喝杯咖啡再走呢？」

這位老闆在詢問之時，雙手已自動加熱白瓷杯組。

接著，藤森將熱氣裊裊的咖啡注入杯裡，店內頓時飄起濃郁的香氣。

一整端起手感滑順、外型優美的咖啡杯，輕嘗一口燙口的咖啡。眞好喝。老闆不愧是在編輯時代跑遍東京咖啡專門店，獨自鑽研沖泡法的老饕，煮出的咖啡味道無可挑剔，美味順口，解除了一整的勞累、擔憂和心中的棘刺——

沉穩、散發溫柔底蘊的咖啡滋味，也許正如同這位從編輯台退下的五十代長輩，至今所展現的人生態度。

（我就煮不出這個味道。）

藤森在老字號出版社擁有豐富亮眼的人文線編輯資歷，離開雖有不捨，仍毅然辭職，從東京搬遷至櫻野鎮定居，許多人大惑不解，詢問：「爲什麼？」（一整也問過這個問題，因爲他可是留下眾多知名長銷、熱銷作品的傳奇編輯），藤森一律笑而不答。

藤森夫人則任職於童書出版社，也是一位知名主編，目前留在東京，繼續編輯優秀的作品，偶爾利用假日來到「風貓」露面，和一整打過照面。她早早耳聞《四月的魚》的出版奇蹟，得知此書的重要推手一整就在這裡時，開心到幾乎要跳起來。藤森夫婦育有一女，現在就讀大學，在國外留學，他們夫妻倆笑著說，女兒愛好自由，個性獨立，獨自在國外生活也能過得很好，他們已卸下重擔了。聽說女兒和父母一樣喜愛閱讀，將來想在出版社工作。

「對了，一整小弟啊……」

藤森自己也喝起咖啡，輕鬆地開口。

「櫻風堂書店若是遇到什麼狀況或煩惱，歡迎找我商量喔，不用感到壓力，你想說時再說就可以了。我能爲你做的或許不多，但在櫻風堂老闆尚未痊癒的期間，我很樂意傾聽你的煩惱。遇到我不懂的問題，我也可以幫你問問其他朋友。自己說有點奇怪，但我認識很多業界同行。」

他的聲音既溫暖又溫柔。

如同手中的咖啡。

藤森在眾多書店和書店夥伴之間也極具人望，私下和全國書店店員都有交情、保持交流，有時找他們一起合奏樂器，有時召集各路店員，一道舉辦交流會和研討會，爲這個艱苦的書店產業加油打氣，另闢蹊徑。此外，他以筆者身分寫過闡揚書店愛情的書，也親手編輯過這些書。

這位老闆亦長年經營書店資訊網誌，咖啡廳名稱「風貓」正出自他廣爲人知的網路暱稱。深受書店店員愛戴的他，在活動現場也以暱稱亮相，人們會親暱地稱呼他爲「風貓先生」。

由於外號風貓的藤森在業界名聲響亮，一整初次耳聞他住在附近時，嚇了好大一跳，加上當時還沒見過本人，彷彿故事中的登場人物突然現身小鎮。

不用說，一整也對熱愛書店的網誌經營者風貓產生親切感和尊敬之情，風貓既是他們這些書店人的夥伴，也願意替他們發聲，一整總是對他懷抱感激。

（我竟然有幸得到風貓先生的助力……）

他和櫻風堂老闆也有交情，想必是眞心想助一整和櫻風堂一臂之力。

「謝謝您。」

一整只能低頭道謝。他很開心，也很感謝藤森的好意，尤其今早才爲了進貨問題而消沉，風貓先生的溫柔鼓舞，激勵了他的心。

可是，一整還不想因爲《靛色疾風》的問題向他求救；要求救也得等他自己盡力補救、努力之後再說。

（現在，我是那家店的負責人。）

雖然感謝有人願意伸出援手，但他必須先用自己的雙手守護書店。

這才是面對貴人時，應該展現的誠意。

一整結束送貨，輕盈地騎著自行車回到店裡。

他壓抑著忐忑奔騰的心跳，打電話給那位業務，但打了很多通都聯絡不上本人，只聽說他今天不在公司，不知幾點會回來。一整直覺認爲他是假藉不在裝死。

一整放下聽筒，額頭抵著手背，輕聲發笑。

如果他是嫌一整死纏爛打而徹底擺爛，那就沒什麼話好說；倘若他只是消極不接電話，尚有一絲人性。

一整希望是後者。

這時，放在圍裙口袋裡的智慧型手機發出震動，有人來電。

顯示名稱爲銀河堂書店店長——柳田六朗太。

「嗯？」

照理說，柳田應該不會在雙方的營業時間撥電話。

發生什麼事？

幸好在店裡沒有顧客時打來，一整直接接起。

「哦，月原嗎？……突然找你，不好意思，後天晚上方便來銀河堂一趟嗎？」

他的聲音有些僵硬。

「後天嗎？……後天是星期三，沒問題，晚上直接拜訪店裡嗎？」

一整馬上確認牆上月曆，一口答應。當天櫻風堂老闆應該出院了，但他晚上出發去風早鎮，恐怕當天沒有電車回來，必須在東京住一晚，隔天才能回到店裡。所幸那天不是進貨日，不需要趕，小透也還在放暑假，能協助祖父顧店。

一整心中某個角落多少閃過「趁機找柳田店長商量《靛色疾風》」的想法，若能迎刃而解就太好了，這通電話來得正是時候。

然而，柳田店長的語氣難掩焦慮不安，令他忐忑。一整認識的柳田確實是個情感豐沛之人，卻不是會因爲一點小事而動搖的人。

（發生什麼事？）

在一整詢問之前，柳田率先在電話那頭以乾澀的聲音說：

「實不相瞞，找你的人是銀河堂書店的老闆，我也一起受到邀請。」

「老闆……找我？」

一整相當疑惑。

找柳田也就算了，現在的自己爲何被這號人物找上呢？在春天之前，一整的確任職於銀河堂，和他擁有雇主關係，但爲何是現在？

鸚鵡船長重複一整的話：

「老、闆、找、我？」

牠張開翅膀，「咯咯咯」地發出笑聲。

「老闆找我有什麼事呢？」

難不成想找我回銀河堂？腦中剛浮現這個想法，柳田馬上看穿般回答：

「我試探過老闆是否想找你回來，聽說不是。對方只說，老闆招待我們去企業旗下的知名料亭，享用美味的季節料理，到時邊吃邊談。坦白說，這次的邀約透過星野百貨轉達，連我也一頭霧水。向百貨公司的人探消息，他們都不肯鬆口，要我們自己問金田老闆。」

手機那頭傳來柳田店長的苦笑。

「那可是一流料亭，請好好期待用餐，只是和金田老闆同席，或許會不太自在。」

柳田半開玩笑地哈哈大笑，說完再見後結束通話。

一整拿著手機愣在原地好半晌。

蜻蜓從窗戶縫隙飛入，發出嗡嗡振翅聲，穿越店面又飛向天空。一整在短短一瞬間，瞥見牠的腳上抓著獵物，美麗歸美麗，但別忘了蜻蜓是肉食昆蟲。

銀河堂書店的老闆金田丈是風早鎮的活傳奇，年屆九十歲高齡，據說仍頭腦明晰、身子硬朗，完全不顯老態，簡直是妖怪。

太平洋戰爭末期，風早鎮因空襲而化作灰燼，他是重建風早鎮站前商店街的重要功臣之一，也是建蓋象徵復興的星野百貨核心人物。他將自行經營的銀河堂書店進駐到百貨公司裡，成爲百貨商場中最古老的第一批承租商。一整久仰他的大名，記得他從星野百貨的前身「星野吳服（註）店」的時代起，就是一位傑出的創業家。

銀河堂書店的全盛時期，曾在當地擁有數家分店，是最具地域代表的書店。不僅如此，聽說現在殘存下來的總店，在當年無論藏書量、面積、店面設計美學和從業人員專業訓練，都可在全國書店角逐一二。

作爲一位企業家，金田無非是在地貢獻良多的偉人，只是負面傳聞也時有耳聞。尤其他上了年紀以後，從第一線退下，鮮少公開露面，使那些可怕的流言傳得更加繪聲繪影。

據傳，金田是「戰後殘存的特攻隊員」，赤手空拳不怕死，年少輕狂時，在戰後燒成廢墟、陷入混亂的地下社會四處打架，曾單槍匹馬把大量美國士兵打個半死不活。還有傳聞說他和當時流落到風早鎮的某位「角頭老大」是拜把兄弟，此外還有各種類似早年日本電影的誇張身世，就是這樣一位狠角色。

儘管一整沒親眼見過他本人，但在經濟雜誌的舊刊號看過他壯年時期的照片。金田身材偏瘦但很結實，照片裡穿著剪裁高級的西裝，嘴邊掛著優雅的微笑，銳利的眼神卻不容小覷，眉間有道舊傷疤。

即使是如此可畏之人，卻從年輕便嗜讀成癮，深深愛著書及書店，除了銀河堂之外，還經營許多店面，大多成績斐然，在市中心坐擁大片土地，是個富裕的實業家。

唯獨銀河堂書店，除了總店以外，其他分店即早歇業退出市場，金田因而招致某些銀河堂相關人士的怨恨，失去信用，也被那些支持分店的愛書人所厭惡。

坦白說，像金田這麼懂商機的人，願意支撐平白耗損人事費用，業績卻逐年下滑的書店產業到何時，始終讓柳田店長膽戰心驚、如履薄冰。只要置身書店產業，每天聽到的幾

註：和服的傳統稱呼。

乎是壞消息，不論由誰來看，這都是必然衰退的夕陽產業，究竟金田願意出資到何時，令人憂心。

無論柳田多麼努力提升業績，從業的書店店員多麼加油賣書，只要老闆金田一個動念決定退出市場，銀河堂書店只有歇業一途。

聽說金田和柳田這些主管幾乎沒有交流，全權委任他們經營，因此柳田猜不透老闆的想法，一整可察覺他的不安。尤其近幾年，老闆對書店完全不聞不問，不知是信賴他們還是放任不管，情況相當微妙。

「他這個人充滿了謎團。」

彷彿小說人物。

如此傳奇人物，究竟找自己和柳田店長做什麼呢？

一整注視著窗外蜻蜓飛遠的天空。

幕間1 窗簾彼端

黎明時分，貓咪愛麗絲一如往常，在透的枕邊醒來。她舒展蜷縮成一團的柔軟身軀，緩緩伸懶腰，站起來。她最愛的小主人透仍垂下長長的睫毛，閉目沉睡。現在還不到人類起床的時間，窗簾拉上的房內昏暗不清。

愛麗絲以額頭輕蹭透的額頭，小心翼翼不驚醒他，輕巧地跳下床。

趁著透與睡在其他地方的一整甦醒之前，貓咪有自己的工作要辦。

她不發出一丁點腳步聲，奔下樓梯。幼貓時顯得過高的台階，如今已能輕鬆走跳。一樓廚房角落，準備了愛麗絲的食物和水。她吃了點乾飼料，舌頭汲了汲冰涼的水，走出屋外。一整特地爲愛麗絲裝了額頭輕推就會開啓的貓門，愛麗絲朝貓門一鑽，來到清晨的院子。

涼爽的風吹過庭院，夏草和鬱蔥綠樹發出悅耳的沙沙聲。愛麗絲一溜煙奔進院子（貓兒走路總是不見其影），繞了一圈，接著踏出櫻風堂書店的前門，在店周圍巡邏散步。

爲了及早察覺危險生物和可疑分子，貓咪一天總要巡邏「地盤」數次，不論颳風下雨。這是貓的天性，想改也改不掉。

同樣早起的鳥兒振翅聲和啼叫不時傳入耳裡，正當愛麗絲抬起頭，一群鳥便張開翅膀，飛到她搆不著的高空，她只能動動鬍鬚，仰望天空。

早起歸早起，三三兩兩攀附在樹幹上大聲鳴唱的蟬在某個時間點突然全部甦醒，展開熱鬧大合唱。

蟬鳴大聲環繞，愛麗絲壓低耳朵心想「好吵」，繼續走著。她雖然抓得到蟬，但蟬能吃的部位並不多，不需要費心獵捕。

她在屋外繞了一圈，確認沒有異狀後，放心地稍微延伸散步範圍。小鎮裡住著數隻貓，分別在住家周圍設下地盤，地盤和地盤之間，仍有零星自由領域，她要去那裡露面，順便和感情要好的貓朋友打招呼。

愛麗絲或跳上圍牆，或貼著行道樹下走，沿途瞥見文具店的貓咪小花。愛麗絲奔向小花，彼此輕蹭頭部打招呼，小花溫柔地舔了舔她。

體型圓胖的小花，自從愛麗絲來到鎮上以後便格外疼她，當時正逢小花的小貓不幸夭折，似乎把愛麗絲當成自己的寶寶了；不僅如此，小花的飼主——文具店老闆娘也對愛麗絲疼愛有加，應該是一位愛貓人士。

愛麗絲受到小花邀請，拜訪文具店後院。這裡有個碩大的陶器，裡頭裝著清澈的水，金魚在水草間優游。愛麗絲在這兒稍事解渴，從緣廊上的貓碗中叼起煮甘薯當點心。

接著，愛麗絲窺探窗簾緊閉的屋子。安靜無聲，裡頭的人應該還沒醒。人類不用睡午覺，晚上也很晚睡，儘管早上有時睡到很晚，愛麗絲仍舊擔心這樣睡眠時間充足嗎？哪像她自己，無時無刻不想睡，如果可以，恨不得整整睡上半天。愛麗絲十分疑惑：難道人類都不會睏嗎？

窗簾彼端靜悄悄的，愛麗絲稍感遺憾，因爲這個家的女主人很疼愛她。

這戶人家十分愛貓，總能把她的額頭和脖子摸得服服貼貼。如果女主人正巧在緣廊，會讓愛麗絲躺在腿上舒服睡覺。不久前，這裡還有一位滿布皺紋的老奶奶，也很喜歡貓，對愛麗絲疼愛有加，可惜這位老奶奶已經不在，聽說是「壽終正寢」。女主人是老奶奶妹妹的孫女，孤單留下固然感傷，現在已振作起來打點文具店。不僅如此，店休的時候，這戶人家裡還會發生奇妙的事。

女主人家中有個奇妙的法寶，上面架著大大的輪子，咕嚕咕嚕不停轉動，聽說叫「紡車」。女主人將毛蓬蓬的羊毛掛在機器上，就會變成「毛線」。毛線是一種被人類捲成毛線球後，會滾來滾去的有趣玩意兒。女主人有時會贈送毛線球當玩具，讓愛麗絲帶回家。以此爲契機，愛麗絲的家人也和這戶人家的女主人成爲好朋友。看到疼愛自己的人類之間也當了好朋友，和樂融融，愛麗絲非常高興。

驀地，愛麗絲察覺視線，抬頭看向平時不特別留意的二樓窗戶。

窗簾拉開了一條縫。這個房間平時感受不到人的氣息，所以愛麗絲很少留心，但今天感覺窗前有人，是愛麗絲不認識的人。

愛麗絲覺得「那個人」站在窗前，低頭注視她。

貓的視力並不好，愛麗絲無法判斷對方是怎樣的人。她抬起頭，聞聞風帶來的氣味，卻是陌生的味道。

不過，低頭望著自己的視線極為溫柔，和這棟屋子的女主人一樣，想必是愛貓人士。何不下來看看我？愛麗絲心裡嘀咕。愛貓就來摸摸她，讓她躺在大腿上睡覺啊。

愛麗絲望著二樓窗戶，喵了一聲。

窗簾後方的「那個人」不打算下來。

直到愛麗絲轉身回家，視線都不曾離去。

愛麗絲透過背部，感受著溫柔卻略帶寂寞的氣息。

第二話 遙遠的傳說故事

星期三，與傳奇老闆餐敘的日子終於來臨。

一整和柳田店長相約五點在銀河堂書店碰面。

金田老闆招待的料亭位在商店街一隅，從書店走去不會花太多時間，但在赴約之前，兩人想先見面聊聊。機會難得，柳田店長問他要不要去店裡探班。

經柳田一說，一整才發現自從春天離職就不曾拜訪銀河堂書店。不只沒去書店，連星野百貨也沒踏入，日子總在忙亂中度過，回過神來便錯失良機。但因柳田、福和出版社的大野和星之松鴉不時分享店頭和百貨公司的櫥窗照片，讓他覺得自己彷彿去過。

由於星野百貨就在風早車站旁，一整回來辦事時曾經路過。

縱使回憶總有悲傷，但一整過去的大半時間都在這裡度過，奉獻一切地努力工作，想不到如今已整整半年未踏入這個空間。

現在，令人懷念的百貨公司沐浴在西斜的金色夕陽下，如同一幅畫，靜靜佇立。覆蓋玻璃櫥窗和巨牆的建築物，使向晚時分的空氣微微發出蜂蜜和千邑白蘭地似的深濃色彩。

正門前有座噴水池和長椅，還有聽說創業之初便存在的機關時鐘塔。稍後五點一到，會發出懷念的報時聲和音樂盒的曲子。

一整睽違多時從正門仰望百貨公司，心情澎湃不已，茫然佇足——他從沒想過會有回來的一天。自從三月發生那場不幸的意外，一整為了負責，主動背對此地，並下定決心，不再重返這間從學生時代固定拜訪十年以上的老書店——位於總館六樓的銀河堂書店。他認為唯有這麼做才能守護這裡。

星野百貨是昭和時代（一九二六年—一九八九年）建造的八層樓建築物，這家由玻璃牆砌成的百貨公司宛如一座城堡，靜靜地接受來自空中的光，自己也從地面散發光芒。在這個年代，八層樓稱不上高樓，然而，星野百貨從昭和邁向平成，歷經戰後化為焦土的時代和日本經濟高度成長期，曾風光一時，而今逐漸走向凋零，和當地人一同度過歷史。

時代日新月異，顧客一去不返，如今星野百貨已缺乏優勢。即使如此，他們仍為銀河堂書店布置櫥窗，印製傳單宣傳《四月的魚》。

《四月的魚》是一整任職銀河堂書店時極力想推的書，如今成功熱銷，持續為人們遞嬗奇蹟物語。

一整聽柳田店長轉述，大家得知一整為了守護書店和百貨公司、負罪請辭之後，以星野百貨老闆為首的許多同仁紛紛發起響應活動，想替他實現豪華特陳的心願。

一整閉上眼睛，向星野百貨鞠躬。

謝謝你。

星野百貨是他念書時打工的地點，也是畢業後任職書店的承租地，他對這家百貨公司感情深厚，也曾擁有信賴的工作夥伴，但他作夢也沒想到百貨公司會在得知事件始末後，願意替他這個小小的店員實現心願。

（我應該不會再回來這裡工作了。）

但他會銘記這份恩情。

未來若有能回報之處，哪怕事情再微小，他必定義不容辭。

時鐘塔開始演奏五點整的報時音樂，提醒放學的孩子快快回家，慰勞辛勞的大人「工作辛苦了」，愉快的旋律也像在說「夜晚才剛開始喔」，邀請人們踏入城市。

春天以前，一整每天都在這個時間，聽著音樂盒的報時曲。時鐘塔總是閒適愉快地唱歌，機關人偶在空中翩翩起舞。

一整彷彿被報時音樂推著，往發光的星野百貨前進。之前他都走員工後門進入，現在以顧客身分走正門，反而有種排斥感。

（可是，我現在是客人，非工作人員。）

這也沒辦法。然而，一整仍舊難以抬頭挺胸地面對這個事實，稍稍加快腳步，低頭走向優美的古典正門。

碩大的玻璃門旁，門僮身穿彷彿繪本士兵的制服迎賓，他和一整是年紀相仿的舊識。

「哦！」門僮欲言又止，閉嘴微笑，彬彬有禮地鞠躬，帶領一整入內。一整也深深敬禮，走過前廳。

鋼琴曲流瀉而來，一整宛如被蕭邦的夜曲召喚，走進懷念不已的明亮書店。

金色鎖鏈吊著美麗的水晶吊燈，從中空設計的天花板高高垂下，散發出寶石般的璀璨光芒，照亮寬敞的樓層。一整踏入光圈中，隨即察覺視線投射而來，耳聞書店工作人員的輕聲交談。

全員笑容滿面。

他們露出高興又懷念的眼神，看著自己。

一整在任職期間木訥寡言，不曾敞開胸懷與員工嬉笑打鬧，因此，他們大可不用如此感動。

然而，全員的表情當眞像見到懷念不已的夥伴，一整不禁濕了淚眶。

（我的淚腺好像變發達了……）

他佇立於光暈之中，稍稍拿起眼鏡，用手指拭去淚水。

撇開兒時不提，成年後哭哭啼啼的人生，絕非一整想要的。然而，事件發生以後，一切都變了。一整被迫轉換人生跑道，通往未知的方向，覺得現在站在這裡的自己彷彿不是從前的自己。

眼角餘光瞥見詢問處的美女笑臉盈盈。她是這裡的資深主管，猶記那天，一整追著偷書的國中生跑下玄關時，就是這位女主管即時喝斥，想阻止少年逃跑。

（啊，我還沒向她道謝呢。）一整察覺這件事。

不只她，一整猛然發現，自己還沒向這間百貨公司裡的任何人好好說聲謝謝。

也尚未感謝他們爲《四月的魚》所做的一切努力。時光稍縱即逝，來不及表達心意就過去了；一方面，他也覺得自己何其渺小，怎麼有資格向人家道謝？因而卻步和猶豫。

可是，重回舊地，他爲此感到焦急可恥。

自己是多麼不知感恩啊——

這時，詢問處的女主管朗聲對他說：

「月原，歡迎回來。」

一整頓時感動得說不出話。

只能深深地、深深地低下頭。

「歡迎回來。」

緊接著，傳來清澈的女性問候聲。

這次是陌生的聲音。

抬頭一看，訊問處櫃檯旁增設了其他櫃檯，上面掛著「Concierge」的牌子，一整想起柳田店長說過，在他離職後，百貨公司多了禮賓櫃檯。

一位帶著妖精氣息的嬌小禮賓員，笑咪咪地以優雅的儀態深深鞠躬。

「久仰大名，您就是月原一整先生吧，我是星野百貨的禮賓員，名字叫芹澤結子，請多指教。」

她又說了一次「歡迎回來」，還說了「謝謝您」。

一整小聲說「我才要謝謝你們」，心裡想著：

（眞奇妙啊，被禮賓員說謝謝，感覺就像百貨公司本身在向我道謝。）

儘管未曾謀面，卻有一種熟悉感，芹澤結子就是這麼一位奇妙的禮賓員。

沒錯，彷彿百貨公司的靈魂化作人型，親自接待。

電扶梯緩緩上升，往書店邁進。來到懷念的總館六樓，一整的心跳加快奔騰，好不容易才克制住像孩子一樣三步併作兩步衝上樓的衝動。

在這裡工作的時候，他多半搭乘員工電梯或走樓梯上樓，但身體似乎牢記樓層專屬的氣味，以及空間的大小和高度，來到書店附近，他便覺得全身充滿懷念。

（好像鮭魚洄游啊。）

這個念頭突然冒出，他不禁笑了。

當電扶梯剩下最後數階，他終於按捺不住衝動地跨上。終於回到了銀河堂書店。

店長應該知會過一整會在五點抵達，只見手邊不忙的昔日夥伴立刻迎上前，忙著接待、處理業務的人也在原地以視線歡迎。

兼職人員九田站在遠方櫃檯，用力伸長手，揮了又揮，大喊：「歡迎回來！」結果因爲太興奮而差點跌倒，反被顧客關心，笑著搔搔頭。

一整也破涕爲笑，深深感受著：

（終於回來了。）

至今爲止的時間如同謊言，好像他不曾離開，只是作了一場漫漫長夢。現在只消走去更衣室，從寄物櫃拿出自己的圍裙、穿上去，就能走到櫃檯工作了。

只要走去文庫區，就能開始確認書架——

一整轉動脖子望向文庫區，但他僅微微一笑，垂下眼簾。

（別看吧。）

（我沒有資格看。）

一整離開文庫區半年了，雖不知現在的文庫區負責人是誰，想必那裡已在其他人的巧手下煥然一新，按照接手人員的品味打造成美麗的書架。

（品味再好，看了難免想出言干涉。）

就算不出意見，但他擁有在此守護書架十年的自信，一定會忍不住出手「整理」。

所以還是別看吧。

因爲一整不會回來了。

必須由他守護的書店，在櫻野鎭等著他歸來。

就在這時，他聽見尖尖細細的「啊」。從一層層的書架望過去，卯佐美苑繪愣在最裡面的童書和繪本書架間。只見她急急忙忙想跑來，又似乎猛然想起店內規定不能奔跑，只好快步走來，差點絆到腳。

一整思忖她都沒變，像隻兔子，那種褐色兔毛又蓬又軟的小兔子。

苑繪啪躂啪躂地跑來，抬頭望著一整的臉，似乎想開口說什麼，但那雙大大的褐色眼睛隨即湧出淚水，腳步往前一滑、失去平衡。

一整急忙扶住她，笑說：

「妳還是老樣子，超容易摔倒。」

苑繪害羞地笑了，笑著笑著卻掉下淚來。她的眼淚眞的宛如童話繪本中的描述，純粹而透明，就像水晶滑落臉頰。一整不禁這麼思忖。

還有，這女孩總是在哭，不論開心或是悲傷都要掉眼淚。

不過，也許把苑繪的畫掛在房間裡產生了影響，總覺得彼此的距離拉近了一些。匆忙扶住的手臂是多麼纖細透白，令他暗吃一驚。

如此細瘦的手，竟然能畫出那麼壯闊、氣勢萬鈞的作品。她究竟花了多少時間，獨自完成那幅畫呢？

經由輕微的碰觸，一整的手感受到苑繪的心跳。她的鼓動恰似輕柔的波浪，一整在剎那間驚覺原來苑繪的臉靠得那麼近，連呼吸聲都能聽見。

看著苑繪雪白的粉頰變得紅通通，一整想起從前也遇過類似的情形，忽然倍感懷念，那久到彷彿是上個世紀的事了。

事實上，這只是短短一瞬間發生的事。三神渚砂發出忍者般的腳步聲快速跑來，抓住苑繪的兩隻手臂，將她拉到自己身後。

「苑繪，妳沒事吧？」

和從前一樣，渚砂身段輕盈，綁著高高的馬尾，凜然的眼神酷似女武者。一整思及此，不禁開心地笑出來，不知爲何卻被渚砂瞪。

不需要用這種看窮凶惡極的人的眼神看我吧——正當一整想開口，有人從後方用力拍拍他的肩膀。

「歡迎回來。」

來者是柳田店長，一整好久沒看見他正式打領帶的模樣了。柳田店長雖然面帶笑容，緊繃的嘴卻透露出緊張。

在料亭約定的時間將近，一整在店長的陪伴下，走上夜晚的商店街。

光輝四溢的熱鬧氛圍與山間沒有的都市氣息，如同一雙大大的手掌，包住一整。悶熱的風與櫻野鎮清澈的風截然不同，卻令他懷念。不過，一整已經能預見，終有一日，自己會比任何人都要懷念那座山丘吹拂的風吧。

置身這座地上城市發出的光暈中，一整雖然痛切深愛這種美，同時也覺得那片星空燦爛、風捎來潺潺流水聲和蛙鳴聲的櫻野鎮寂靜夜晚，似乎在等著他回去。

「對了，月原吶……」

半步領先的店長忽然停下腳步回頭。

「老闆說有事找我們，萬一他說要把銀河堂書店收起來，該怎麼辦？」

「什麼？」

「不，我開玩笑的，哈哈哈。」

店長急忙搖搖手。

但是，他眼角的眼神顯得沒自信，一整很少見到這樣的柳田。

一整抬頭看他，笑著說：

「——我直覺認爲不是這樣，老闆如果要把店收起來，根本不需要特地找我們來吃飯，不是嗎？」

「噢，沒錯，你說的對。我也好幾次這麼想。」

柳田搔搔頭，恢復笑容。「看來眞的有事想找我們商量。」

「是啊。」

一整也很在意老闆的動機。

兩人繼續前進，一整將自己的想法說了出來：

「金田先生他——是書蟲對吧？那麼，他會不會是讀了《四月的魚》之後覺得很好看，想找我們聊書呢？」

愛看書的經營者，沒道理不看自家書店熱賣的書，一整猜他一定讀過了。這麼一想，老闆想會會他們並不奇怪，也難怪請客地點是高級料亭了。

「哦哦，有道理。」

柳田的表情明亮起來，大大的手掌拍了拍一整的背。

「不愧是月原，推論很合理，眞的很有可能是這樣。」

一整乾咳幾聲。

「不過，書已經出版一段時間才找我們，好像有點晚……」

那是初夏發售的文庫本。

完全恢復樂觀的柳田說：

「八成是太忙，一直積著沒讀吧？然後最近終於看了，感動不已，我想一定是這樣，那可是名作啊。說不定看到痛哭流涕，想誇獎發掘這本書的月原和我喔？」

柳田兀自點頭，催促一整加快腳步。

「沒錯，怪不得是高級料亭。老闆是不是想用美食與美酒，好好慰勞我們一番？」

「我是這樣猜啦。」

一整努力用開朗的語氣接話：

「還有……會不會想聽我們親口說明春天事件的詳細始末？」

「很有可能，也許他想以老闆身分向你道謝——不，道歉？」

「也許喔。」

儘管距離案發過了許久，但或許正因風頭已過，才想趁現在會會一整。

（我從沒想過要當大老闆或賺大錢，無法猜出老闆的想法。）

但倘若是壞消息，不需要特地招待他們吃大餐吧？這麼想會不會太天真呢？

料亭蓋在偏離商店街的寧靜街角，四周環繞紫薇樹，印著店名的燈籠照亮花朵，發出淡桃紅色的光芒。

一整和柳田在穿著優美和服的料亭人員帶領下，安靜入內。一整對這類場合相當陌生，跟著柳田的背影走著。聽說柳田因工作之故，參加過幾次高級場合，但是第一次來這裡用餐，也難怪他的背部相當緊繃。

木板走廊擦得光亮如鏡，四處可見看似名貴的花瓶搭配季節插花。走廊右手邊的紙門通向客室，左手邊的玻璃門外可望見日式庭園。庭園點著燈籠，樹木精心修剪，池塘裡鯉魚穿梭。這時，耳邊傳來熟悉的清脆木頭聲響，那是叫做「添水」的接水竹筒，一整常在時代劇和小說裡看到這種流水裝置，卻是初次親眼目睹添水敲奏，暗自感動不已。

來到走廊底端的紙門前，接待人員彎下腰，輕輕推開紙門。

「就是這一間。」

語畢，人員引領一整和柳田入內。

兩人一進去，頓時停下腳步。

寬敞的客室深處，有張實木切面的矮桌，一位穿和服的老人盤腿靠在和室扶手台上。

「謝謝兩位來。」

老人的聲音正氣凜然，朝他們微微一笑。

銳利的目光絲毫未顯老態，然而遍布皺紋的臉上，可見鼻孔插著管子，扶手台旁擺著人工呼吸器和氧氣瓶。

「不好意思，讓你們見到這副德性。我的胸腔不好，在醫院住了很長一段時間，我刻意隱瞞外界，所以知道的人並不多。你們也懂的，星野百貨現在時局不好，我生病奄奄一息的消息要是傳出去，會對很多方面產生影響。所以，我現在算是隱居狀態，但我無論如何都想見見你們、和你們說話。在醫院招待不了客人，我才像這樣跑了出來。」

老人輕輕按著胸口，面帶笑容。「我很早就想找兩位出來，無奈身子不聽使喚，才會拖到了今天。而且，今晚恐怕是實際見到兩位的最後機會了。」

老人——金田丈雲淡風輕地說著，擺手示意他們坐下。

「飲料和菜餚我擅自幫你們點好了，這麼說是老王賣瓜，但這裡的東西每一樣都很好吃。我幾乎無法進食了，兩位若能連我的份一起享用，我會很高興。」

金田心情愉快地說，手中拿著看來已翻閱過無數遍，變得髒髒舊舊的《四月的魚》。這本書不只封面捲起，連書衣也褪了色。

金田老先生似乎察覺一整盯著書本，咧嘴一笑。

「你就是月原一整？讓這本書大賣的關鍵推手？」

「——是的。」

老人笑了，彷彿在說「好乖、好乖」，盤起手臂，換上慈祥的眼神，就像看著自己的孫子說話。

「這是一本好書，謝謝你發掘了它，賣給許多人。最重要的是，我自己也被這本書救了，我很慶幸能讀到它。」

他的語氣明亮，卻具有感動人心的力量，說話時略略帶著鼻音，一整驀然想起，這位老人是否讀了《四月的魚》，讀到掉眼淚呢？他是否獨自待在病房，獨自翻著書頁，一再讀著與世長辭的女主角說過的話？

「謝謝您。」

一整只能低頭道謝。

金田以開朗的語氣繼續說：

「另外一位大塊頭，想必就是銀河堂的店長，柳田六朗太，對吧？」

「對。」

柳田邊呢喃「大塊頭……」，邊在一整身旁恭敬地行禮。

「我是銀河堂書店的店長，柳田六朗太，很榮幸能管理這家書店這麼多年。」

「你恐怕沒發現，很久以前，我在店裡看過還是學生的你，當時就覺得這孩子塊頭眞大啊，如今一點也沒變。不，更朝橫向發展啦？」

金田沙啞愉快地笑出來。

接著，他雙手平放桌面，低下頭來。

「柳田老弟，這麼多年了，我把書店丟著不管，對一切不聞不問，對你眞是過意不去。出版寒冬不見好轉，整個大環境相當不利於書店業者，我卻把經營一家書店的重擔全丟給那個年輕的你，要你一肩扛起，我能想像你是多麼不安、吃了多少苦。但你總能精確地維持營收，恐怕由我來做，都無法做到像你一樣，把書店維持得這麼好，我是發自內心感激你。可以的話，銀河堂書店未來也要繼續麻煩你了。」

「咦，哪裡，您別這樣說啊。」

柳田請老闆抬起頭，在他身旁坐下。

「我做得很開心喔，這樣的心情從來沒變過。當然，擔憂一定少不了……不過，您並非放任不管，您是尊重我的想法，讓我能夠自由發揮。銀河堂是一家很棒的書店，您願意把這麼棒的書店交給我這個年輕人，我是何其榮幸啊。聽到您未來願意繼續委任我，我是何其光榮、何其幸福啊。」

「謝謝你。」

金田伸出骨瘦嶙峋的手，握住柳田的手。

「我還有其他事情必須道歉。」

金田對著柳田和一整低下頭。

「春天時，少年偷書賊和之後引發的種種問題，我至今都不曾表態。我不想找藉口，無奈當時正陷入病危，不省人事。後來聽到人家轉述，我很後悔當時無法在場處理——如此一來，月原小弟就不用辭職了，對不起。」

一整只能低頭表達謝意。

他認爲自己已經很有福報了，但剛剛那席話，讓他覺得一切都得到了報償，溫暖地融化了殘存於心底的小冰塊。

金田自嘲地聳肩。

「等我發現的時候，《四月的魚》已經大賣，聽說星野百貨也傾力相助？我很想做些什麼卻無能爲力，幸好百貨公司先報恩了。看來星野家也挺有一手，我鬆了一口氣啊。」

說到飲品，只見一整不曾聽聞的日本名酒接二連三地端上桌，貪杯的柳田不停發出歡呼聲，連一整都能想像這些陣容有多麼豪華。

說到料理，一整也能看出相當精緻，從小碟子裝盛的一道道優雅前菜、生魚片、冬瓜雞冷湯、蠶豆烤鰤魚，到佐以紹興酒的牛肉料理，每一道菜都令人味蕾大開，尤其——

「夏天一定要吃海鰻，這是本店的招牌菜，每逢夏季總要來幾盤。」

玻璃器皿的透明冰塊上，擺著精心薄切的海鰻，白色魚肉襯上梅肉的紅與紫蘇的綠，相互輝映，美不勝收，每一個細節都蘊藏豐富的滋味，好吃得不得了。

金田的桌前也上了菜，但完全沒動筷，不停招呼兩人吃吃喝喝，笑得甚是愉快。

等餐後水果和熱茶上桌，金田輕輕坐正，說道：

「總之就是這麼一回事，我不曾替銀河堂書店立下什麼豐功偉業，接下來恐怕也做不到了，但在最後，我有一個提案。我認爲這是不錯的提案，請你們聽聽看。」

一整和柳田豎起耳朵專心聆聽。接下來的內容，恐怕是這次餐敘的主要目的。

「我說啊，櫻風堂書店要不要考慮加盟到銀河堂書店呢？換句話說，就是以銀河堂書店櫻野鎮分店的方式繼續營業。」

一整和柳田頓時失去言語。

金田來回注視吃驚的兩人，繼續說：

「我認爲這是不錯的機會，尤其對櫻風堂書店更是。恕我直言，櫻野鎮雖然是繁榮一時的觀光小鎮，但在偏遠山區只有那麼一家小書店，應該有很多不便之處吧？比方說，爭取不到暢銷書和新書配額，你應該爲這問題，傷透了腦筋吧？」

「這……」

一整低頭不語。完全被他說中了，可是——

（這樣一來，不會害櫻風堂書店消失嗎？）

成爲連鎖書店的分店，不會害獨立小書店失去自主性嗎？不會讓老闆守護至今的書店靈魂蕩然無存嗎？

「這是一樁美事，但……」

一整低下頭，喃喃說道：「這麼重要的決定，我無法立刻答覆。我必須先回去一趟，和老闆商量——」

「當然。沒關係，你先聽聽我說的，如果覺得這麼做比較好，就和櫻風堂書店的老闆提提看。以你爲前提，你覺得可行再提，這樣就好。」

金田繼續說：

「櫻風堂書店若加盟成爲銀河堂書店的分店，就能由我們統一進貨，把書分送過去，如此一來，店頭宣傳物也不會虧待。現在大家都趨於保守，出版社全在刪減業務，只剩賣得動書的大城市有業務巡店，鄉村根本配不到資源。我舉實例吧，他們無法去櫻風堂跑業務，但是會來銀河堂拜訪，這方面我們兩間店可以共享資訊。」

柳田店長進一步詢問金田：

「請問，加盟成連鎖書店以後，櫻風堂那邊需要負擔什麼或遵守什麼條件嗎？」

「不，不需要。」

金田爽快承諾。

「連店名也不用改。喏，我現在這樣子根本無法經營，全權交由櫻風堂老闆和月原小弟處理。柳田老弟，由你引導協商，收到提案後仔細評估再決定。我會打點好一切，即便以後我不在了，也不會影響到你們的權益。」

「謝謝您！」

一整還反應不及，柳田便大聲道謝，噙著淚，用力抓住正坐的膝蓋，深深地、深深地彎下腰。

一整注視著兩人，問道：

「這對我們有如天降甘霖，但我想確認，櫻風堂書店一旦成爲加盟店，若經營不善……是否會牽連到銀河堂書店呢？」

爲了塡補賠錢店鋪的虧損，導致母企業總公司陷入赤字甚至倒閉的情形，時有耳聞。

（弄得不好，可能會拖垮銀河堂書店啊。）

一整不曉得金田擁有多少資產，也許他是個完全不用擔心鄉間書店動向的富有資產家及實業家。儘管如此，一整並不希望等同於自己擁有的書店，拖累這位貴人，以及自己眷戀的銀河堂書店。

一整低下頭。

「我……本人必定盡最大的努力，提升櫻風堂書店的業績。但老實說，我只是一個連人生都懞懞懂懂的小毛頭，這是我第一次負責一家書店，現在仍在嘗試錯誤的階段，我不確定是否該接受您的好意……」

「——你不用客氣！」

柳田對他咬耳朵——本來應該是想小聲地說，結果大聲到清晰可聞。他用帶著酒意的熾熱手掌，狠狠拍了一整的背。

「這就叫做『知遇之恩』，這麼棒的條件只管接受就對了！這對你現在接手的書店來說，可是天上掉下來的禮物啊。」

「但、但是……」

一整一陣狂咳，眼角滲出淚水。

「沒問題，有我和銀河堂的夥伴同舟共濟，根本不用怕，我們一起努力吧！」

「我很期待喔！」柳田店長浮現滿意的笑容。他笑起來很像聖誕老人，像個開懷大笑、洋洋得意的聖誕老人。

一整僅露出微笑，深深向金田敬禮。

「櫻風堂書店現在雖然由我代管，但書店是老闆的，要不要加盟，我想交由老闆決定。我會將金田先生的提案誠摯地轉達給他。」

這是天上掉下來的好運，如夢似幻的佳話。眞實感逐漸湧現，一整慢慢能想像櫻風堂老闆聽到這個消息之後，綻放愉快的笑容。

沒錯，他一定很高興。就當自己是隻捎來捷報的傳信鴿，開開心心地回櫻野鎭。

（條件太好了，雖然擔心拖累大家，但只能拚了！我要努力提升營收，守護書店，不成爲大家的絆腳石！）

既然要做，一整期許將來櫻風堂書店成爲能用業績回報銀河堂的厲害書店。

「替我向櫻風堂老闆打聲招呼，需要的話，我會做些參考文件，或由我親筆去信問候。」

金田微微一笑，繼續說：

「對了，要說我還有什麼事情想拜託櫻風堂書店，那就是別讓書店熄燈，我可以替你們出資，請將書店的燈火延續。這麼做是爲了書店的客人，我相信許多人因爲看了書而改變人生，許多靈魂因爲讀書而獲得拯救，因此，小鎭裡一定要有書店才行。」

老人信守承諾，只提了這件事，最後一句話細如耳語。但凝視一整的目光炯炯，因年邁而變濁的眼瞳深處，彷彿有道小小的火焰搖曳。這些話與其說是請求，更像心願。

「請問……」

柳田小聲開口，他似乎醉了，眼眶泛紅。

「……太感激了，這對月原絕對是一樁美事，謝謝您的幫忙。可是，我也想要藉機請教，既然您把書店看得如此重要，當初爲什麼要把銀河堂的七家分店收掉呢？每一間分店都有許多仰賴的貴客，要歇業時，顧客和店員哭著道別，所有人都依依不捨……」

說到一半，柳田猛然回神，在桌前低下頭。「對不起，這簡直是孩子在鬧彆扭。」

「柳田老弟，沒關係的。」

金田溫柔地說。

「我剛剛的提案更像孩子的任性話，你聽了之後覺得感傷，很正常。老實說吧，經營書店不是我的志向，只能說是消遣——沒錯，這句話並不動聽，但這恐怕只是我的消遣。我的人生一路走來，總是埋頭做生意賺錢，我想在最後，把錢用在愉快的事情上。吶，柳田老弟，月原小弟，日本書店的前景並不樂觀。不，我想老字號的大型書店會順應時代潮流，慢慢轉型，最後留下大規模的連鎖店。另一種就是複合式書店吧，這種書店需要一位品味獨到，能臨機應變的店長，徹底掌握店內所有書籍，不時辦活動炒熱氣氛，讓書店時時位於話題中心，顧客也會自動靠近。

「然而，像銀河堂書店和櫻風堂書店這種在地深耕型的小鎮舊書店，恐怕會陷入苦戰啊。從前，書店就那麼自然而然地坐落於小鎮一角，賣點雜誌啦、文庫啦和文學書籍，還有少許文具，無論大人或小孩，各種年齡層的人行經書店，便順手挑本書帶回家。從前的書店，是小鎮居民和世界相遇之處，如此懷念的光景，已經無法輕易複製到下一代了。

「閱讀人口逐年減少，像我這種從小習慣看書的人，也變成了老爺爺和老奶奶，等壽命結束就沒了。值得關注的新世代——那些孩子和年輕人，會在網路書店買書，或買電子書。這不奇怪，很好理解。想讀的時候，輕鬆按一按智慧型手機，馬上就能買到書。就算大老遠跑去小鎮書店找書，現場也不盡然有庫存；就算訂了書，也不知何時才能拿到書，常就此不了了之。照現況來看，能和網路書店相抗衡的，只剩下擁有大量庫存、店鋪遍及日本的全國性書店了。相對的，這些大型書店進駐小鎮之後，那些只有在地資本的老書店，將面臨被網路書店和大型書店夾擊的命運，硬生生地流失顧客。」

金田按住胸口喘著氣。

一整想阻止他繼續說，他卻笑笑地搖頭，話聲沙啞地接下去：

「——另一個問題在於，日本現在多數企業都很吃緊，最近常聽聞不得不將書店趕出複合式商場的難過消息，連有業績的書店也不例外，目的是換入集客力更好的商家。聽來似乎冷血無情，一旦站在他們的立場，不難理解他們的考量，真悲哀啊。

「在各種不利於小鎮書店的條件下，我堅持保住銀河堂書店的總店直到今日。也可以說，要守住書店，我持續經營其他生意。我很珍惜這家總店，不得不用珍重的心情，收起另外七家分店。因爲我很清楚，風早鎮就快要無法維持八家銀河堂書店了。對書店擁護者相當抱歉，這是合情合理的決策。只是，我始終耿耿於懷，眞的非關店不可嗎？如果拚命思考可能性，嘗試各種錯誤之後，是否能找出通往未來的方法呢？如果七間分店還在這座小鎮裡，那些員工就不用失去飯碗，書店的燈火就不會在鎮上消失，支持書店的顧客也不用難過哭泣了——我一直在想，這樣的未來，可不可行呢？我很後悔當初那麼做。

「尤其在我行將就木之際，不禁思索，自己守護至今的東西，究竟是什麼？當我離去以後，能在這個世界上留下什麼呢？每次住進醫院裡，這些思緒就會充斥腦海，逼得我不得不去想。就在這時，我得知了月原小弟和櫻風堂書店的消息，讀了《四月的魚》後，感到既焦急又悔恨，如此優秀的人才就在我們的書店裡，而我竟然沒能保住他。

「接著，一個想法油然而生，我想讓這個年輕人開書店。這個年輕人想守護的東西、想留在未來的東西，是不是能借助我這雙手，替他實現呢？這不正是這個國家的上一個世代，死了之後能留給後世的寶物嗎？」

語畢，金田疲憊地閉上眼，靠在扶手台上休息，他看起來只是個符合年齡的老爺爺。

一整和柳田輕輕交換眼色，心想該告辭了，金田卻靜靜地睜開眼睛。

「——這聽起來很像傳說故事，不，你們不妨就當它是傳說故事吧。」

他沙啞地喃喃自語。接下來道出的漫漫故事，之後月原一整仍會不時想起。

直到說故事的人與世長辭，又經過了漫長的歲月，皆不曾忘記。

「好久好久以前，這已經是數十年前的故事了。當時，日本正要面臨一場浩大的戰爭，一位懷孕的女子從朝鮮半島飄洋渡日。遠赴日本工作的丈夫遲遲不歸，她來這裡找他。女人四處尋找卻一無所獲，最後體力不支，倒在一座小鎮的路旁，旁邊剛好是一座小教會，時逢星期日，前往禮拜的一家人發現了女子，同情她而將她帶回。這戶人家是鎮上最大的吳服店，家中正好缺廚房幫傭，於是女子住進了這戶人家，在這裡工作。家中還有許多和她一樣的幫傭，那是一間碩大宏偉的吳服店。

「女子燒得一手好菜，開朗賢慧，聰明伶俐，受到吳服店的人重用，大夥兒都很喜歡她。不久後誕生的兒子，也在眾人的關愛下成長。疼惜這對母子的不只幫傭們，還有吳服店的老闆娘。老闆娘的小兒子在不久後出生，孩子們情同手足地一起成長。女人的兒子特別疼家中年紀最小的男孩，當他是自己的親弟弟，疼愛有加，伴他玩耍，教他寫字算數。屋子裡有高大的書櫃，藏書豐富，女人的兒子和那個家的小孩們，一起讀著那些書長大。

「吳服店的男主人叫篤志家，賞識這個兒子的聰明頭腦，不但疼愛他，還讓他上學。男主人說學費由他出，要兒子不用擔心，儘管攻讀任何喜歡的學問領域，將來好好貢獻世人。這番話完全不求回報。

「兒子遵照旨意，勤勉向學，最後選擇了經濟學深造。儘管沒有說出口，兒子心裡一直冀望著將來能在吳服店工作，當男主人的左右手——約莫這時期，吳服店附近有家二手小書店，書店老闆也很疼他。兩層樓的木造小店鋪裡，釘了好多的書架，塞了滿滿的二手書。兒子用吳服店給他的零用錢，一點一點地買下二手書，讀也讀不膩。他什麼都讀，除了主要的經濟學，也讀古今中外的詩集、小說、劇本、隨筆等。這位老闆不良於行，個性也稱不上和藹，但只要兒子和他聊起書，兩人總有聊不完的話題。這是很久以前的往事了，兒子在求學時期，因為是朝鮮半島人的關係，家中又沒有父親，難免受到歧視，然而那間吳服店的人和二手書店老闆，從來不曾這樣對他。此外，儘管偶爾會和商店街的孩子們打架，大夥兒其實感情很好，大人們也很寵這些孩子。

「可惜約莫就在這時期，日本參戰了。

「兒子當時正在讀大學，即使一年後戰爭就會結束，但在當時，誰知道呢？他放下學業，投身沙場，成為學生兵的一員，完成基礎訓練後，被分發到所謂的特攻隊。沒錯，就是神風特攻隊，他原先以為不會活著回來了。不會完成學業，也無法貢獻世人了。可是，這個兒子心想，戰爭遲早要結束的，日本恐怕會戰敗吧。自己這些學生兵將透過壯烈的犧牲，對敵軍造成莫大傷害，也許會讓敵國畏懼這種異國文化。

「而日本這個國家，看到這些年輕人慷慨赴義，體驗了亡國般的滋味，或許會願意開始走向和平也說不定。兒子如此冀望著。他想，也許戰敗之後，外國對日本也會好一點，如此一來，自己的死便有了價值。怎知，兒子搭乘的戰鬥機故障，無法出擊，等著下次出擊的機會，戰爭就結束了，同梯的學生幾乎都死了。雖然沒有完成任務，他還是很欣慰能回到吳服店所在的小鎮。他帶著歸鄉心情，回到小鎮，等著他的卻是一片焦土。戰爭末期的空襲，燒毀了他居住的小鎮，兒時奔跑遊玩的商店街不復存在，吳服店、二手小書店，以及那裡的人們和母親，全不在了。

「好不容易從戰場歸來，即使復學重新完成學業，他想守護的人、想奉獻才能的人，全消失在這個世界上了。接下來，他自我放逐了一陣子。他不認爲自己多會打架，但他什麼都不在意了，想一死百了。人類只要不怕痛、不知恐懼爲何物，就是無敵。他去揍那些欺負日本人的美國士兵，對那些作亂的流氓刀劍相向，彼此意氣投合就當拜把兄弟，如此混吃等死地過了一段日子，終於和吳服店的小兒子重逢。沒錯，就是那個他當成親弟弟般寵愛的小兒子，也是吳服店唯一的倖存者。小兒子對他說：『我想重新讓小鎮發光，助我一臂之力。』

「他根本想不到理由拒絕。對於這個重新給予他生存意義的人，他想不到感謝以外的言詞。兒時牽起小小的手掌，教導算數寫字的小男孩，如今長大了，有了偉大的夢想，向他求助。男孩是他夢想成爲左右手的恩人骨肉，是與他情同手足的姊姊們離世後留下的唯一弟弟，他豈有不兩肋插刀的道理？就連他自己，也想找回故鄉。

「於是，這個兒子脫胎換骨，他要和吳服店的么子與商店街劫後餘生的孩子們，把這片焦土重新變成光輝四溢的小市鎮，以大哥的身分領導他們。他要一樣樣尋回那些在戰火中燒毀的美麗事物，讓更美的小鎮重回地上，這是他和殘存下來的孩子們許下的心願——除此之外，他的內心也渴望著那些書。

「文字是知識之源，形塑了一個人生存所需的所有基礎。書本帶人遨遊幻想世界，疲累時溫柔療癒，孤獨時化作好友。書店是集合這些書，將之交付給世人的場所。爲了小鎮居民，這位兒子想在這塊土塊上，蓋一間日本最厲害的書店，讓新生的小鎮充滿書香氣息，讓新生的孩子有書可讀。」

金田微微一笑，深深吐氣說：

「於是，他和商店街遺留的孩子一起在過去曾是商店街的土地上，重建了小鎮，在小鎮中心建造亮晶晶的百貨公司，在百貨公司的六樓開了面積和藏書量在日本數一數二的驕傲書店。接下來歷經漫長歲月，這家書店向來是日本名列前茅的一流書店，是小鎮居民的驕傲——當時日本閱讀風氣盛行，居民會在書店買下許多書；在那個年頭，百科全書、哲學書和古典文學創下驚人銷售額。那家百貨公司叫星野百貨，書店叫銀河堂書店。

「大概就這樣吧，這已經是遙遠的故事了。」

他們遵照囑咐，留下金田在店裡，先行離開。夜闌人靜，連正門的燈籠也熄了燈。一整迎著夜風，和柳田走在深夜的商店街。路樹柳枝搖曳，隨處飄來夏季花朵的清香與綠葉的芬芳。到了這個時間，連大馬路上也少見車流，偶爾擦身而過，只見車尾燈拖曳出長長的光之尾巴，慢悠悠地奔馳著。

街上還亮著燈，星野百貨宛如守護小鎮的城堡，綻放光明。這棟百貨公司打烊後不會完全熄燈，一整學生時代便聽說過，這是要緬懷在天之靈。

柳田店長喃喃開口：

「我知道金田老闆和銀河堂間的淵源歷史，但聽他本人口中說出來，感覺完全不同。」

老人的話語回盪在耳裡，眼神烙印在眼底。

一整知道自己此生都不會忘。

不出所料，這時間沒有電車可回櫻野鎮，一整本來打算在車站旁邊的旅館過夜，但柳田熱情邀請他到自家住一晚。搭公車去柳田家，用不了多少時間。

兩人在黑夜裡朝候車亭走著，一整悄聲說：

「我忍不住懷疑，自己一再受到幸運之神眷顧，眞的可以嗎？先是接管了櫻風堂書店，然後收到加盟銀河堂的邀請提案。我什麼都沒做，這樣眞的好嗎？」

實在太鴻運當頭、喜事連連、好運從天而降，他很擔心自己名不符實。

如果這是小說，主人翁好運接二連三，不停遇到貴人相助——

（讀者一定會笑，哪有這麼多方便的巧合。）

柳田輕輕吁氣，笑了出來。

「我認爲運氣也是一種才華喔。眞要說起來，人品也是一種才華啊。」

「人品……」

「就是人緣好的意思。我說眞的，這是從事服務業的必要特質。不是跟別人買，就是想找你買，想去你的店裡買——能讓人產生這種想法，是需要才華的。」

柳田停下腳步，回頭注視一整。

他已收起笑容，問了一句話：

「月原，你眞以爲自己什麼也沒做嗎？」

「是……」

「我問你，是誰幫助了當時只能歇業的櫻風堂書店，承諾書店老闆要繼承書店？是誰發現了《四月的魚》，說要狂推的啊？」

「是我……但，任何一位書店員工看見書店有難，一定都會設法做些什麼。《四月的魚》本來就是傑作，我不選這本書，也會有其他人選……」

「可是，當時身在櫻野鎮，對老闆伸出援手的人是你。你要是沒告訴我《四月的魚》很好看，沒有將它託付給我，我和銀河堂的其他人極有可能錯過這本書。不，肯定就此埋沒在書海了。月原，你做了很多事喔，並非什麼都沒做。你對那本書和櫻風堂書店伸出援手，救了他們，所以才會有人向你伸出援手。這不是巧合，而是善有善報，不是嗎？」

接下來，一整順勢帶出《靛色疾風》的新書問題，銀河堂書店會在出版日的前一天進貨，店長答應會用最快方式，先送五本書過去支援。

（太好了，能在出版日當天上架了——）

一整抬頭凝視夜空，在這一刻，他確定自己在受到都市光害影響而霧濛濛的夜空中，見到了燦爛的星星。

在柳田家作客時，一整受到幾隻貓咪和柳田太太（銀河堂的漫畫區負責人）的盛大歡迎，當他在客廳準備的棉被躺下，貓咪群湧上來，和他一起睡覺。

也許是舟車勞頓，也或許是被東勸一點、西勸一點地喝了日本酒，一整立刻進入夢鄉。意識恍惚之間，推特發出收到私訊的聲音。

傳訊人是星之松鴉。

他不知經由什麼管道，得知一整睽違多時重返銀河堂書店，針對這個消息發了一些推文。一整思忖：消息眞靈通，到底是聽誰說的？

睏歸睏，或許心裡某個角落仍有未消化的部分，他忍不住將對柳田店長提出的自我質疑，告訴了星之松鴉。

一再接受幸運之神眷顧，眞的可以嗎？

星之松鴉以電光石火的速度回訊：「幹麼客氣，這對銀河堂來說也是好事啊，宣傳上很加分！那個老闆一定連這點都想到了。」

宣傳？

一整用睏倦的腦袋思索：宣傳什麼？

星之松鴉的訊息還有後續：

「《四月的魚》和店員離去的事蹟，在愛書人間是挺有名的悲劇，一定有人寫信去罵銀河堂和星野百貨，爲什麼沒保護員工，還逼他辭職。」

一整聽說過這件事。雖然感謝他們替自己出氣，心情卻有些複雜。畢竟，以「正義」

爲名的控訴曾把他逼入絕境。人對正義抱有憧憬，常以好意爲出發點去責怪別人，連一整自己也無法完全擺脫這種心態。

每每思及此，更令人不禁珍惜人類這種生物才有的悲哀、溫柔及愚笨。

世界越是崇尚絕對的正義，越容易釀成悲哀的暴力。

「月原哥，你懂嗎？那個悲劇性的店員，現在正在山間守護著小書店，銀河堂書店得知這個消息，決定伸出援手！這不正是可歌可泣的『故事』嗎？你認爲這些故事會帶來什麼影響？」

帶來影響？到底是什麼影響？一整晒到無法整頓思緒。

「至今爲事件悲傷憤怒的人，那顆受傷的心會獲得治癒，心想『太好了』。月原哥，當人們太晚才得知悲劇時，會爲自己的無能爲力感到不甘心，爲自己無法參與已經結束的悲傷『故事』而感傷，進而思索自己還能做些什麼？能提供什麼援助？如果這個『故事』有個後續，悲劇被某樣東西拯救了，人們知道後，一定會很高興吧？會感到得救吧？

「接著呢，以現在進行式親身參與『故事』的顧客會想，自己現在還來得及，並把這股信念化作行動力，前往兩家書店購書也說不定。就算有些人住得很遠，無法前來買書，對書店的印象也會好轉。這些良好的形象，從今以後會跟著銀河堂書店和星野百貨，每次書店成爲話題，眾人就會想起這件事。形象是用錢買不到的重要寶物，這對銀河堂來說是很大的幫助。

「雖然是老生常談，但現在這個時代要賣東西，販賣的是『故事』。書是日本全國可見的物品，一點也不稀奇，倘若買時價格相同，顧客為何要特地跑去你的店裡買？這時候需要的是動機，銀河堂幫助櫻風堂，給予了人們動機。

「你自己看，這個舉動一定會在書店和零售業的相關新聞和網路新聞上造成話題，星野百貨的宣傳部馬上就會行動，絕對可以大肆行銷。不只對銀河堂和星野百貨有利，還可藉機替櫻風堂書店和店員月原一整打廣告，甚至炒熱『書店』這個老話題，讓一些很久沒去書店光顧的人，想去附近書店逛逛。

「你只要抬頭挺胸就行了。事實上春天的時候，銀河堂和星野百貨的確虧待了你，你當成是彌補，不就好了？」

一整躺在被窩裡和貓兒一同打盹，一面朦朧思忖。

他的嘴角浮現笑意。沒錯，金田老先生不是省油的燈，一定連這點都考量進去了。

（可是，一碼歸一碼。）

一整也覺得鬆了一口氣。看來他不是一個單純愛作夢的老闆，這樣銀河堂書店應該不用擔心。

（『故事』啊——）

人總是在尋找故事，尋找跳脫日常的作夢契機，哪怕只是片刻也好，自己可以化身爲主角，好好地活一場。

這種下意識的渴望，藉由在賣場購物獲得實現。不只書店，現在所有賣場正以各種形式，創造屬於自家賣場的「品牌故事」，用這種方式吸引顧客上門，顧客來買東西，想買的是故事。

「故事……」

來好好思索一下吧。一整如此思索，閉上眼睛。

隔天，一整在黎明前離開柳田家，搭車返回櫻野鎮。等他回到店裡換上圍裙時，已過了中午。他鄭重向出院的櫻風堂老闆說明金田的提案。大致的構想，他趁搭車通勤時寫信說明了，所以話題很快便切入正題。

老闆多次重複「這是天降甘霖啊」，還說「多麼令人開心的消息」。

他身披圍裙，看來身體狀況不錯，笑盈盈地整理著文庫新書平台。

「一整小哥，明天早上可得空出矚日書區，要不要鋪上深藍色的布呢？還要裝飾小物件，好期待啊。」

矚目書區是平台最前端的位置，放在這裡的書最醒目也賣得最好，因此，熱門話題書和主打書多半放在這個位置。

一整面帶微笑。

「想必顧客見到都會很開心。」

他很慶幸趕上《靛色疾風》的發售日。

老闆頷首說：「我從沒想過這家店能湊到十本《靛色疾風》的新書呢，全是一整小哥的功勞，我要好好答謝你。」

「——十本？」

銀河堂書店送來的書，應該只有五本，他也在信中和老闆提過。

老闆睜大眼睛，往自己的肩膀方向努了努下巴。

「剛剛送來了五本，加上明天銀河堂會寄到的五本，共十本。」

收銀台旁有個小箱子，看起來剛拆封。上面印著知名出版社的商標，一整心想「不會吧」，彎身確認內容物，裡面用紙包著五本《靛色疾風》最新集數。

「請問，這箱是哪來的？」

「咦？一整小哥，你不知道嗎？裡面沒有特別附信，我想說是緊急送來的。」

一整查看寄件資訊，找到在銀河堂接洽過的業務名字，應該是他送來的。一聲不響送來太奇怪了，這下子根本不確定這些書能不能賣。

看來得聯絡他。就在一整拿起公務電話時——

「嗨，午安。」

店門口出現一道人影。

來者是個氣質沉穩的男子，眼尾和嘴角泛起皺紋，笑容和藹。一整覺得他很面熟，難道之前在哪兒見過嗎？

（是誰呢？）

一整的確認識他，只是一時想不起來是誰。

男人頭戴裝飾鳥羽的帽子，身穿口袋很多的背心，背上揹著登山背包，穿著經年使用的登山靴，一整瞬間以爲他是登山家。

他以手帕擦拭額間汗水，朝著一整和老闆鞠躬。

「我是作家高岡源，對不起，突然來訪。」

老闆只說了「高……」就愣住了。

「那、那位作家，本、本人嗎？」

他回頭看一整，一整對他點點頭。

沒錯，雖然只在銀河堂書店打過一次照面，但一整也想到應該是這位作者。新聞廣告和出版社印製的文宣上，的確印著這個人的笑容，和照片裡是同一個人。

「是的。」高岡穩健地笑了笑。

「我從年輕就喜好登山，想趁暑期尾聲來登山，昨天爬了妙音岳。然後，我想起月原先生搬到這附近上班，不如順便來打招呼。」

高岡哈哈大笑。「眞是個好地方啊。」

「是啊。」

一整笑著點頭。

「謝謝您遠道而來。」

「這點距離，根本算不上遠。」

高岡悠然微笑。「我還想再來呢，聽說這裡有不錯的溫泉？」

「沒錯，小鎭經營的溫泉——」

一整一面說明，一面懷疑自己是在作夢吧？那個暢銷作家，如今就在這裡？和他聊溫泉？還說以後會再來？

「好像作夢啊。」

老闆說出一樣的感想。

「這是我頭一次在我們書店看到活生生的作家——不，應該說，作家本人來店拜訪。」

「眞的嗎？哎，眞光榮啊，我留下第一個作家的紀錄了。」

這時，外出的透剛好回來，對高岡喊聲「歡迎光臨」。

「呃，要不要來點飲料呢？」

「謝謝。」

高岡微微欠身，對透微笑。貓咪愛麗絲察覺透回來了，從廚房探出頭。

「哦，好可愛的貓咪啊。」

貓咪似乎聽得懂稱讚，露出得意的表情動了動鬍鬚。

透詢問高岡愛喝什麼飲料，奔入廚房，老闆也手忙腳亂地說：

「高岡老師，若、若是方便，可以替我們簽名嗎？我馬上到文具店買簽名板，就在附近而已。呃，剛好新書要出了，如果有老師的簽名，來買書的顧客一定很開心……」

最後一句話，老闆說到哽咽了。

「我要簽，簽在哪都可以。」

高岡放下登山背包，一口答應。

「不用買，我隨身攜帶筆記，如果店裡有我的書，我也可以簽書——啊，前提是不給貴店造成麻煩。」

高岡貼心地補上一句。

書店裡的書是透過經銷商跟出版社借來賣的，雖然偶有例外，但沒賣出的書通常能退書。因爲有這個制度，全國的各種書店才能盡情在店內展示許多書。

然而，即便是作者本人的簽名，書這種商品一旦寫了字就不能退貨。換句話說，一旦變成簽名書，就非得賣出去不可。因此，對小書店和人口稀少的小鎮書店來說，在店內擺放簽名書，需要勇氣。

儘管有風險，但只要書夠強，作者本人願意用力打書，書店認爲有機會賣完，還是會在店頭擺放簽名書，將如此貴重的書親自交到書迷手中。

「請務必替我們簽書。」

老闆低下頭，快步走去文庫區，抱回所有高岡源的庫存書，將書疊在長桌上，邀請高岡前去坐下。

「老師，這些就是我們全部的庫存了。眞的很抱歉，您的書一上架就迅速賣出，我們店裡有很多書迷，大家都引頸期盼這次的新書。啊，如果可以，新書也請幫忙簽名。」

高岡輕輕往上瞄。

眼角確認到那個印著出版社名稱的紙箱後，愉快地笑了。

「哦，看來新書趕上了。」

一整忍不住問：

「您聽說了？」

一整指櫻風堂書店即將寄來的五本《靛色疾風》新書。

「是我請他們送來的。」

高岡爽快地說。

「老師拜託的？」

「不久前，我去《靛色疾風》的出版社製作簽名書，大夥兒聊到月原先生和櫻風堂書店的話題。眞是不好意思，我藉機問了一下，他們似乎也不確定這裡會不會在第一時間配到新書，以防萬一，我特別拜託他們一定要送書過來。月原先生待的書店裡沒有《靛色疾風》的新書，實在說不過去啊。」

高岡捲起衣袖，在長桌前坐下。

「我想說，書若是重複了，今天順道買回去就好——看來似乎不用？」

一整感動得說不出話，猛點頭。

他感到眼眶發熱。

「謝謝您如此費心，但您爲什麼……」

爲什麼肯爲了我這個小小的店員做這麼多呢？一整想問卻一陣哽咽。

高岡以嫻熟的動作簽起書來，邊說：

「因為你是我的大恩人啊。除了感謝你替我賣書，有件事讓我印象特別深。那是《靛色疾風》出到第七集時發生的事情了，我頭一次在寫作上遇到瓶頸，突然間寫不出東西了，無論怎麼寫，都寫不出好看的故事。之前我沒有特別多想，總是寫得很順手，突然間不知道該怎麼辦。

「在這之前，我只是一個默默無聞的作家，寫到這個系列才突然變紅。所以，我不知道如何正確面對瓶頸，不敢找這本書的責任編輯商量，害怕說了之後會被拋下。沒錯，我是年紀不小了，但就和新人作家沒什麼兩樣。可是，截稿日遲早會逼近。我因為同時在公司行號上班，認為一個社會人士一定要遵守工作上的約定，結果反把自己逼入絕境。當時，我開始有機會成為自己嚮往的人氣作家，加倍焦急，甚至自暴自棄地心想，如果會這麼痛苦，乾脆不要當作家算了。

「某個星期天，枯坐在家中的電腦前讓我苦不堪言，我決定在街上漫無目的地散步，臨時起意到河堂書店逛逛，看看有沒有工作上能參考的書，死馬當活馬醫。銀河堂書店離我家有點距離，我第一次去——沒錯，比我後來正式去書店拜訪的時間更早喔。

「作家走進書店裡，難免好奇自己的書擺在哪，想偷看一下。我也找了《靛色疾風》，想不到漂漂亮亮地排在書架和平台上，用好讀的字體寫了正確的內容介紹，不僅如此，還幫我做了手寫立牌。已出版的集數，每一本看起來都洋洋都意又幸福，我感動到站在書架前好一陣子。

「接著，我察覺店員領著其他顧客來到書架前，便急急忙忙躲到書架後，總覺得挺害羞的。客人似乎對《靛色疾風》感興趣，專程來找書，領著顧客前來的是負責文庫區的年輕店員——沒錯，月原先生，就是你。你告訴客人書放的位置，說明《靛色疾風》多麼好看，語氣淡淡地，卻傳達出最誠摯的推薦。只見客人愉快地聆聽說明，抱起現有的集數，走到櫃檯結帳。那位年輕的店員——也就是月原先生，我看到你向那位客人的背影敬禮，深深低下頭說『謝謝光臨』，守望著顧客直到離去。」

我不記得了。一整心想。

有這麼一件事嗎？儘管不記得了，但的確像是自己會做的事。一整認爲這只是基本。對願意買下自己熱情推薦的書的顧客，至少應該敬個禮，守護對方走到櫃檯。一整認爲，這是身爲店員該做的事。

高岡繼續說：

「這一幕讓我深刻體驗到自己交稿、書印出來之後，根本不是終點。因爲，後面還有許多人用這種方式，代替作者將書送到讀者手中，對買下書的讀者說謝謝。我發現，自己不是孤軍奮戰。我以爲只有自己孤單地和文字奮戰，其實前方還有你們這些書店店員，張開雙臂迎接我，等著將我寫好的書送到讀者手中。

「接著，我想起《靛色疾風》當初開始熱賣，也是多虧全國的書店店員在自家書店狂推好看，表達想賣的意願，才逐漸締造口碑。多年來，我都被戲稱爲銷量毒藥作家或毫無存在感的作家，是你們這些店員找出了我的書。神奇的是，回家以後，我突然就能寫了。不僅如此，我還寫得很開心。自己想寫的故事、溫暖的心情、溫柔的心意、令人噴飯的可愛玩笑、爽快的武打戲、淡淡的愛戀、熱血友情、正義和謎團……這些東西不停湧上來，我好久沒有寫稿寫得這麼愉快了，一心只想快點完成作品，成書之後交到期待劇情發展的讀者手上；我想快點讓銀河堂店員拍胸脯掛保證的書籍問世。」

高岡咻咻咻地在扉頁簽名，突然抬起視線，看向一整。

「沒人知道這件事，我在今天之前沒向任何人說過。總之就是這麼一回事，《靛色疾風》差點在第六集完結。月原先生，你是這系列的救命恩人，我要再次爲當時的恩情答謝你。」

原來是這樣。一整微笑，輕抹眼角回想。

難怪高岡當時來店頭打招呼時，那麼用力地握著他的手道謝。

高岡以開朗的語氣侃侃而談：

「月原先生，只要是我的書，不管遇上任何煩惱，或是任何需要我出力的地方，請不要客氣，儘管說，我一定幫到底！尤其是《靛色疾風》。我這人很少生氣，但那個年輕業務眞是不應該。我自己也做業務做了很多年，忍不住訓了他一頓。我要他更重視店面，畢竟親手替我們賣書的可是店員啊，在商言商雖然重要，但豈可因為店面大小和地點不同，就產生大小眼呢！不能因為自己是大出版社就擺姿態啊！我自己在小設計公司上班，不能說完全和業界無關，所以才更加生氣吧。」

一整忍俊不禁。難怪出版社送來的書裡，連張便條和招呼都沒有。暢銷作家的要求是聖旨，那個業務肯定氣呼呼地把書送來，在內心咒罵跳腳。

「不過……」

一整詢問：「我很高興您這麼幫忙，但勉強要出版社送書來，會不會給您造成麻煩呢？萬一工作上被刁難……」

《靛色疾風》是超級暢銷書，作者不至於被虧待，但會不會遭到冷落，弄僵關係？

「月原先生，出版社不是只有一間而已啊。」

高岡直爽地說。

「如果因此和那家出版社關係搞差，只要我認眞寫出好作品，一定會有新邀約上門。如此深信，腳踏實地寫出新書就行了。我的書賣不出去的時間很長，大不了從頭開始摸索，這根本沒什麼，我甚至有點懷念。只要寫出好東西，成書之後——我說，月原先生啊，你們這些眼尖的店員一定會發現，替我賣書吧？」

他莞爾一笑。

「是的！」一整用力點頭。

「不過在那之前，要先用力賣出《靛色疾風》！我們一起努力，讓最新這一集也變成暢銷書吧。」他從箱內取出新書，排在高岡面前，心裡盤算著：「這五本加上接著送來的五本，全部簽名也沒問題，我會全部賣出去！」

幕間2 半人馬少女與紅茶

在迷濛的意識之間，可以感覺到陽光從窗簾的縫隙射入。

蟬鳴聲隔著窗戶傳來。

（啊，不愧是夏天。）

澤本來未裹著毯子，賴在床上思忖。

還有啁啾鳥囀。打開窗，想必會有涼風吹進來。姊姊毬乃說過，這座山間小鎮十分涼爽，一年當中只有盛夏最熱的日子需要在白天開冷氣，其他時候都不用。

「這裡很棒，住起來很舒服喔。來未，妳一定也會喜歡的。」

「歡迎來住。」因爲毬乃這麼說，她才絞盡最後力氣跋山涉水。明明離東京不算很遠，感覺卻像跑到了天涯海角去旅行。

實際上，對明明是大學生卻因體型嬌小常被誤認爲是國中生的來未而言，扛著大大的旅行包單獨旅行，無異於一場地獄修行。她本來就不愛出門，從沒想過要去旅行，加上不曾長時間外出，差點被夏日的陽光晒暈。

轉乘電車時，映照在窗玻璃上的模樣慘不忍睹——常被說像座敷童子的妹妹頭流汗貼在額頭上，臉部因爲最近三餐作息不正而浮腫，單眼皮的雙眼下方出現一層黑眼圈，這下子與其說是座敷童子，更像小時候看過的漫畫裡出現的那種頭髮會變長的詛咒人偶，這樣一想還挺好笑的。毫無生氣，散發不祥之氣，好像會詛咒人。

（我是幾天前結束那場旅行的呢……已經搞不清楚日期了。）

記憶一片渾沌，想不起來。

話說回來，今天是幾號？又是星期幾呢？

好不容易搭車來到位在山中的小車站，下車後又走路登山，徒步三十分鐘的路程，她卻因爲迷路和跌倒，抵達櫻野鎭時已經天黑了。

她緊張害怕得不得了，以爲自己會在山中遇難，只能對著智慧型手機的桌布祈禱。那是來未奉爲「神」的陌生人畫的女神插畫，自從初夏在推特爆紅以來，她就存下來當作寶物。這幅畫實在太美，每次看見，她都忍不住膜拜。事後回想起來，在膜拜以前，她應該先打電話求救的，但總之就在她祈禱的時候，小鎭到了。

從蟲鳴環繞的山丘向下望，小鎭位在銀砂灑般的星空下。看起來像商店街的路上點著幾盞燈，柔和的光暈宛若油性粉彩畫。

（瞬間還以爲來到奇幻世界裡的小鎭或村莊呢。）

如果這是遊戲世界，這種村莊通常會住著善良的村民，說「歡迎來到○○村」，出來迎接她，村裡應該會有武器店和道具店，還有教會和供人放鬆睡覺的旅館。

（就是點陣圖和CG畫的那一種。）

通常會播放悠閒的音樂。

來未哭喪著臉，走在沒有路燈的鄉間小鎮，仰賴星光和商店街的光，前往姊姊住的小田野文具店。她一會兒滑倒，一會兒摔跤，弄得手肘和膝蓋破皮，數度痛到停下來嚶嚶啜泣。她已經搞不清楚聲音是從哪裡傳來，四面八方都有類似小妖怪的叫聲在黑夜裡迴響，聽起來立體環繞，鬼氣逼人。本來應該散發安詳氛圍的潺潺流水和瀑布聲，也因爲和這些怪聲混在一起，變得陰森恐怖。循著燈光成功抵達姊姊的文具店之後，她將這件事告訴姊姊，姊姊笑她：「那是青蛙啦。」

「下雨天前會大合唱，叫聲很可愛吧？」

姊姊從小便熱愛世界上所有的生物，這點也和來未不同。來未雖然喜歡小動物，但也有點害怕，只敢遠遠地看——不只動物，恐怕對人類也是。

這家文具店是來未祖母的姊姊——姨婆經營的店，膝下無子的姨婆去世後，由姊姊毬乃繼承。

毬乃和個性內向的來未不同，不論到日本何處，都能順利融入當地生活，只見她轉眼便適應這座陌生的小鎮，住得快活自在。姊姊的本行是染織家，從美術大學畢業後，跟隨多位老師拜師學藝，如今自立門戶，本人自稱是「小有名氣」的藝術家。

毬乃也懂織毛線，她擅長編織，尋找足以擺放織布機和毛線紡車的空間時，聽說鄉下姨婆家夠大，不愁沒地方放。姨婆和毬乃一樣，深愛美麗的事物，喜歡與人爲樂，盛情邀請毬乃搬來住。可惜這段日子沒有維持太久，姨婆隨後壽終正寢，來未得知消息後也相當難過，畢竟兩人一起住、陪伴彼此才是最好的。

聽說櫻野鎮有牧場飼養綿羊和山羊，可以取得大量毛線材。毬乃邊經營文具店，邊利用閒暇時製作毛線和織布，替毛線和布染色，放在伴手禮店和網上販售。她似乎在小鎮裡交到不少新朋友。

（姊姊眞不簡單。）

來未多麼希望自己生來擁有姊姊十分之一的溝通能力就好，她從小躲在姊姊的背後長大，個性大方敏銳的姊姊會替她和朋友打招呼或是聊天。來未非常喜歡姊姊，姊姊是她的偶像，但她從沒想過要跟姊姊一樣。來未的溝通能力恐怕連個位數都不到，只有負數。她認爲一定是神在創造她時不小心造壞了，要重新投胎才可能變得跟姊姊一樣。

（不過，我也獨居了很久啊。）

來未住在城市裡當個悠哉的大學生，獨自守著出國工作的父母留下的公寓，一個人過得挺自由自在，本來或許有機會成爲夢想中的漫畫家，可以揚眉吐氣……

（結果現在無法畫漫畫，連學校也去不成了。）

她果然做不來。

家人長年對來未採取保護措施，認爲她適合躲在毯乃的庇蔭下，即便她今年已滿二十歲。來未這孩子，什麼事都做不好，膽子小又不可愛。她沒有才華啦。她可能以爲自己只有漫畫在行，但她誤會了。她太得意忘形了——這些聲音迴盪在腦海。

來未重複想起這些事，躲進毯子裡。

只要閉上眼睛，就能忘卻現實。

睡到一半，她終究被熱醒。

來未將汗濕的兩隻手臂伸出毯子外，凝視天花板。鄉下老屋天花板低，點著昭和樣式的老電燈。

因爲胸無大志也無事可做，姊姊要她來，她就跑來這裡旅行了。也許是想像兒時那樣，抱著姊姊哭泣吧；想要姊姊摸頭安慰「沒事、沒事喔」。

也想聽姊姊說：「這不是來未的錯。」「妳已經盡力了。」

來未經歷一場漫長的旅程，抵達小野田文具店。但她似乎用光了所有力氣，來到這裡之後，再也走不出房間，只能偶爾起床，在房內走動。

她甚至想一輩子躲在棉被裡，當隻蝸牛算了。

待在窗戶密閉且沒開冷氣的房間裡，潮濕悶熱的空氣彷彿重重壓迫著身體，使人無法動彈，用來未的方式比喻，就像被關在溫熱的寒天果凍裡重複著呼吸的動作。縱使櫻野鎮再怎麼涼爽，這樣下去遲早會發霉，黴菌的孢子蔓延到屋內，沾上來未的臉和身體，綠色、白色、黑色的菌絲，如阿拉伯式花紋恣意生長。沒錯，一定是這樣。

她從昨夜起就沒吃任何東西，照理說肚子應該餓了，但她毫無食慾，連喉嚨也不渴。她甚至想就此死掉算了，好想死。只要打開門，下樓梯，廚房肯定準備了美味的食物。毬乃廚藝好，想必煮了來未愛吃的東西，貼心地擺在桌上，希望妹妹至少吃一口。

夾了鮪魚、洋蔥、美乃滋和少許優格的三明治。連都市的鬆餅專賣店都吃不到的澎軟鬆餅。對了，還有水果。怕太冰而經過時間計算，放入冰箱的水蜜桃，以及切得好入口的美味西瓜。說不定冷凍庫裡還有自製冰淇淋呢。

這些她都知道，也明白不吃毬乃會傷心，但她就是無法下床。毬乃不會責備來未，只會用極其溫柔的眼神，擔心地注視她。

一閉上眼睛，隨即傳來馬蹄聲。

馬兒輕輕踏著腳步，在床邊繞了一圈，來到枕邊停下。

野花和青草的芬芳飄來，柔軟的長髮輕輕垂落在來未身上。

耳邊響起溫柔的絮語：

「噯，要不要吃一點？難得姊姊準備了好吃的東西。」

不用睜開眼，她也知道。

那裡有隻淺褐色長卷髮、綠色眼瞳的「半人馬少女」，用純眞無邪的表情偷看她。淺褐色的頭髮上戴著野花編的花冠。這位半人馬少女是森林的居民，長髮和尾巴迎風飛揚，奔馳在綠油油的森林裡。但她偏偏愛喝人類的紅茶，是個嗜吃甜食的大小姐，因爲貪戀甜點滋味，嘴饞時便翩然拜訪人類少女——她的好朋友。

半人馬少女會敲敲門說：「噯，要不要來喝下午茶？」

手上拿著來自森林的伴手禮，有野花、早晨採收的水果、木莓、桑椹，以及……

來未從床上坐起。

原來是夢。

窗簾緊閉的房間裡，只有來未一人。

「眞蠢啊。」

她當然知道現實世界沒有半人馬，她只是有點累了，睡昏頭了。

說起來，半人馬少女與其棲息的森林全是虛構的，並不存在，那是來未創作的漫畫《半人馬少女與紅茶》中的登場角色。

「——我好蠢。」

她再次低語，掩面哭泣。

半人馬少女是來未筆下曾有機會問世的重要漫畫角色，出自她的原創本中細細構思的故事。愛好紅茶的半人馬少女與她最要好的高中生人類朋友——愛畫畫的少女，一起喝茶吃點心，有時前往異世界的森林散步，有時欣賞人類城鎮的夜景，整部作品的概念就這麼簡單，來未覺得這樣就夠了，朋友們也很喜歡。

來未從小志願當漫畫家，但她知道還需要慢慢累積經驗，等畫技和各方面都成熟再來挑戰夢想；至少，她不打算用《半人馬少女與紅茶》投稿。這篇作品純粹基於個人興趣，用一種珍藏的心情畫的。

怎知某一天，青年漫畫雜誌的編輯來逛同人展，發現了來未的原創本，問她要不要在自己的雜誌上連載看看。來未只能睜圓眼睛，不知該作何反應，反倒是攤位上的其他朋友相當興奮，直嚷著「好厲害」、「太好了」，很替她高興。

坦白說，來未的腦筋並不聰明，恐怕連姊姊一半的聰明才智都不及，所以，她需要比較多時間思考，決定時常猶豫不決，越想越混亂。毬乃這麼形容她：「妳不是腦筋不好，只是不擅長用語言思考。來未，妳屬於圖畫和想像力的世界喲。」

似乎是這樣。所以，她花了很多時間理解編輯的語意。然而，見到大家都這麼開心，她便覺得要答應。雖然不大清楚，但她告訴自己，這麼做一定比較好。

因爲，朋友都很替她高興。況且，那個笑咪咪的編輯小哥稱讚她的漫畫有趣，圖也畫得很漂亮，她聽了心花怒放，感激對方賞識都來不及了。

活動結束後，編輯馬上寄來熱切的邀稿信，附上他負責的漫畫連載雜誌。來未聽過那部漫畫，卻是第一次看到雜誌。雜誌封面刊登了肌膚裸露的美女，裡面連載的漫畫也很羶腥色，來未有些怕怕的。平時，來未只看柔和溫吞的漫畫，頓時備感困惑。可是，編輯的確在信上說，要在這本雜誌上連載《半人馬少女與紅茶》。

但他說過，現在的風格魅力稍嫌不足，可能不容易取得連載，請她重畫，完成新大綱後，他會在編輯會議上提出。編輯小哥要她先交十六頁完結的草稿，讀者迴響熱烈就能連載，總之，要先把人物畫得「可愛」一點。

（可愛……「可愛一點」是指什麼樣子呢？）

來未馬上遇到困難。素描簿上畫了幾張半人馬少女和女主角的設定圖，看起來並不特別可愛。來未喜歡順其自然地畫，將眼底浮現的畫面重現紙上。她是抱著這種心情畫畫的。照平常的方式畫，恐怕行不通，她猜對方的意思是「要比現在更可愛」。

（該不會是要「萌」吧？）

她懷疑自己畫不畫得出來，不過，也只能試了。儘管覺得不像自己的風格，但並非辦不到。接下來，她收到很多郵件和信，還有許多電話，電話打來的時間並不固定。聽說編輯的工作很忙，有時會在深夜打來，有時似乎是在熬夜趕工後的清晨打來。

大學沒課的日子，來未習慣在家烤餅乾、喝紅茶、看看漫畫和繪本。她喜歡邊聽音樂邊畫畫，構思故事情節，這下不知何時會接到電話，心裡總是很緊張，變得無法做這些事。晚上也睡不著，好不容易想睡了，早上卻有可能被吵醒。

「加入戀愛要素吧。」

那天，責任編輯喜孜孜地在電話中建議。

「主角不一定非得是女高中生吧？改成男高中生，加點擦邊球的養眼畫面。」

「……我沒畫過這種的。」

她感到頭暈目眩。

「很簡單，高中生不小心摔倒，抓到半人馬娘的胸部之類的。啊，胸部要畫大一點！」

他還笑著補充「乳頭要若隱若現喔」，不知道是認眞還是開玩笑。

來未覺得背部發涼。

但她告訴自己，只能硬著頭皮畫。現在撐過去就能出道了。她想快點成爲漫畫家。

還記得小時候，小學附近有家老奶奶經營的小書店，那家書店如今仍在，目前兼賣章魚燒和老店糖果，店裡養了隻三花貓，店名叫「麻雀書店」，老舊的招牌上畫著可愛的小麻雀。

老奶奶對來未疼愛有加，不會因爲她站著白看就生氣。來未偶爾拿點零用錢去買漫畫雜誌和單行本，老奶奶會無比高興。

來未上小學後，個頭就比其他同齡孩子嬌小，加上不喜歡上學，總是愁眉不展，書店的老奶奶因此特別照顧她。

「不要告訴其他小朋友喔。」老奶奶偷偷說著，塞給她香皀紙和各種糖果餅乾。

「來未眞喜歡看漫畫呢。」

老奶奶總愛這麼說，摸摸來未的頭。

「妳看得好認眞呀，眼神彷彿被吸進漫畫裡了。」

來未想不起自己何時愛上漫畫，總之就是很喜歡，而且父母也愛，家中有不少漫畫書，她就是從這些漫畫開始接觸。

她依稀記得，自己說話反應慢，交不太到朋友，十分孤單，開始迷上看漫畫。

不擅長表達、無法把心中的想法好好說出口也沒關係，只要看漫畫，就不會寂寞了。漫畫隨時隨地張開雙手，歡迎她加入。

來未最喜歡姊姊毬乃了，但她和姊姊不同，無法看字多的書，無法雀躍地說話，無法置身人群中。父母雖然同樣疼愛兩姊妹，但來未心底隱隱認為父母一定覺得毬乃比她可愛一百倍——因為她自己就是這麼想。

（這就叫「天壤之別」吧？）

這句話也是從漫畫中學來的。

來未的祖母和外婆皆已去世，所以，她把書店的老奶奶當成真的祖母，盡情撒嬌，老奶奶也很高興。如今想想，獨居的老奶奶一定很寂寞。

來未直到上大學前，都常到老奶奶的書店報到，高中時曾在那裡打工送貨和收銀，賺點零用錢。來未平時不愛說話，但收銀工作不一樣，她覺得很有趣，要她小聲喊「歡迎光臨」也不成問題。她很中意老奶奶的書店，認為來店裡的顧客應該跟自己一樣，因此，把書賣給這些人——尤其是自己最愛看的漫畫，是多麼愉快的事。

來未在老奶奶的請託下手繪廣告，老奶奶眉開眼笑地稱讚「畫得真好、畫得真好啊」。

「我真能收下這麼漂亮可愛的手繪廣告嗎？水準和大書店不相上下呢，對這間小書店來說太奢侈了，真的很謝謝妳。」

老奶奶相當篤定，來未一定會成為漫畫家。

「妳畫畫這麼漂亮，個性又善良，老天爺會眷顧妳，讓妳實現夢想。」

等來未當上漫畫家，在雜誌上畫漫畫，出版單行本後，我要在店裡排滿妳的書。老奶奶笑著表示。

「好期待那一天來臨呀。」

我們約好了喔，老奶奶說。

「那，我也答應妳。」

來未跟著說。「我一定會成爲漫畫家，不會食言。」

接下來的日子，來未去遙遠的城市讀美術大學，沒辦法像從前那樣頻繁造訪書店了。大學課業繁忙，還要趕作業圖。也是約莫這時期，她戰戰兢兢地加入同人社團，第一次交到眞正的朋友和夥伴。她忙得充實愉快，也因此更騰不出時間看看老家的書店。久別多時重返書店，老奶奶明顯變老了，膚色、眼神和站姿——全慢慢衰老了。

來未想起兒時早早過世的外婆，不禁害怕。她朦朧記得外婆臨終前，看起來也是如此，心中不時浮現恐懼。

（我要快點出道！）

（趁老奶奶還能健康顧店時，出版我的漫畫。）

她必須努力。

來未經過一番苦戰，總算交出十六頁草稿。

但她等了很久才收到回信。

「老實說，我很失望。」

她覺得胸口被刺了一刀。

「我本來期待妳畫出更有趣的作品，但畢竟是第一次嘛。我先以這份草稿爲基礎，提出需要修正的地方喔。」

長長的信件裡，寫下密密麻麻編輯提出的改良方案，來未只能恍神地看過去，心想：我已經很努力畫了，眞的非改不可嗎？

「話說回來，這部漫畫裡爲什麼會出現半人馬呢？半人馬跑來家裡喝茶吃點心、聊天的漫畫，到底哪裡有趣？」

她也知道很平淡。

畢竟，故事出自她自己的幻想。

（我只是覺得，倘若異世界和半美麗的森林裡，有一隻可愛的半人馬少女，沒事會來敲敲門，和我一起玩，該有多好。）

（如果我們一起享用美味的紅茶，烤餅乾來吃，一定很愉快吧。）

（有時去異世界的森林散散步，有時反過來，去都市街頭閒晃，一定很好玩吧。）

來未的父母長年赴國外工作，姊姊已離家自立，來未獨留在家，雖然過得挺輕鬆自在，有時也難免寂寞。這種時候，她就會幻想朋友，從中得到樂趣。她甚至會幻想朋友就在房間裡，自言自語地和對方開心說話。

半人馬少女時不時來到來未身邊，看她畫畫。上課快要遲到卻想賴床時會來到床邊、叫她起床，自責地說「對不起喔」，把來未叫醒，送她上學。

半人馬少女是她重要的朋友。

電話打來了。

「看完信了嗎？」

編輯精神奕奕地說，來未思忖，這個人總是如此活力旺盛。

「我找到靈感了，最近不是流行暗黑風格嗎？萌角突然被吃掉那種。要不要讓半人馬保護男主角時，被怪物生吞活剝呢？掰個理由讓怪物登場，像是從森林跟著半人馬出來的……龍，或是……嗯，巨大食蟲植物那類？扭來扭去的。」

來未一陣頭暈。

「——這樣一來，半人馬少女不就死掉了嗎？」

「對啊。」

編輯毫不在意地回答。

「太可憐了。」

他怎麼能說出這麼過分的事？來未簡直不敢置信。

「是啊，請把她畫得可憐一點。」

「——之前不是說好，受歡迎的話，有可能連載嗎？死了要怎麼繼續畫……」

這樣就不能畫半人馬少女了，來未很是遲疑。

然而編輯開朗地回答：

「到時再掰個理由，讓她復活就好啦。」

那天是雨天。

回過神來，電話已掛斷。

昏暗的房內，可見半人馬少女站在那兒。

她踏著躂躂的馬蹄聲，走到來未身旁，嫣然一笑，像在說「沒關係喲」。

「對不起……我對不起妳。」

來未蜷縮著身子，泣不成聲。

距離約定交出草稿的日期已沒有多少時間，她不記得完稿前自己怎麼活過來的，也沒有吃東西的記憶，口渴了就去廚房喝水。短短十六頁篇幅，就要讓高中生男主角和異世界的半人馬少女登場，向讀者說明角色是誰，還要畫得令人怦然心動。

接著，怪物從森林出現。

她好不容易畫出這一幕。完成之後，轉成PDF檔，寄給責任編輯。

草稿獲得OK的指示，她馬上進入完稿程序。

在自己的漫畫裡將半人馬少女賜死時，來未覺得自己好像真的殺死了她。

來未付出莫大的犧牲，完成這部短篇漫畫，最後雜誌卻沒有錄用。

責任編輯寫信來說：

「妳畫得很漂亮，但要在十六頁內塞這麼多東西，太勉強了。」

來未早就知道很勉強。

明知如此，你還是要我這樣畫，不是嗎？她暗暗不高興。

編輯雖然來電討論下一部作品，但她總算鼓起勇氣，說了短短一句「我不畫了」。

「好喔，那先這樣！」

編輯開朗地回應。

電話掛斷前，來未聽見他自言自語：「業餘的果然不行。」

來未的確是業餘繪師。

可能決心也稍嫌不足。

但她自認很努力了。

（希望對方了解自己的努力，也許是我太天真了。）

（可是……）

她覺得好不甘心，好想哭。

哭了又覺得自己沒用，於是更想哭。

她也想替自己說句話，當下卻想不到對應的語句，更加覺得自己沒用。

來未蜷縮在窗簾拉起的幽暗房間內，哭了起來，接著感受到半人馬少女的氣息。

半人馬少女踏著馬蹄聲走來，輕輕抱住來未的肩膀。

來未對她說「對不起」。

「沒能讓妳登上雜誌。」

接著，她在心裡向書店的老奶奶道歉，「對不起，沒能出道」。

心中的老奶奶不改慈祥笑容，對她說「沒關係」。

「我知道來未非常努力喔。」

想必老奶奶本人也會這麼說。

「奶奶啊，我能在妳有生之年當上漫畫家嗎？」

她趕得上嗎？

樓梯傳來啪躂啪躂踩著拖鞋上樓的腳步聲。

應該是毬乃的腳步聲。

「簽名板、簽名板，高級簽名板。」

姊姊連自言自語都很大聲。她身材高大，聲音也很宏亮。

她似乎在隔壁的倉庫翻找東西。

「有了！」

她興奮地說。

接著，姊姊眉開眼笑地走到來未休息的房門前，咻地打開門。

「妳還好吧？起得來嗎？」

「……嗯。」

姊姊動作太快，來未來不及裝睡，抬起頭，故意揉揉眼睛。

姊姊看起來喜上眉梢，她是個五官立體的美女，心情好時散發出來的氣質跟模特兒一樣漂亮。

「噯，聽我說、聽我說！那個作家……呃，就是高岡源，聽說他現在正在櫻風堂書店呢！書店老闆跑來我們這裡買簽名板，我想請他幫我簽一分，不知道可不可以。」

高岡源——來未對這個名字有印象，她不擅長看小說，不過在書店打工時，賣過很多本高岡源的書，知道他是一位受歡迎的時代小說家，書店的老奶奶也是死忠書迷。

「總之先去看看再說？」毬乃的雙眼閃閃發亮。

「可以和他握手嗎？可以拍紀念合照嗎？會不會太厚臉皮？」

姊姊一直都很喜歡讀小說，尤其時代小說，想必眞的很感動。

「太好了。」來未低語，毬乃說：

「來未啊，等妳精神好一點，不妨逛逛櫻風堂書店吧。」

毬乃走出房間時說。

「他們請了一個從都市來的年輕店員，書店的氣氛漸漸不一樣了。之前雖然也很棒，但現在感覺找回活力了，整家書店朝氣蓬勃呢。」

姊姊小躍步地跳出去。

「朝氣蓬勃的是妳吧。」

來未笑了出來。

同時也有點好奇。

找回活力的書店，是怎樣的書店呢？姊姊用「朝氣蓬勃」來形容它。

「對喔，一陣子沒去逛書店了。」

來未懷念起書店和書本的味道。

回想起來，在夜間迷路時，似乎看到一盞燈，上面用小小的紅字寫著「書」。那盞燈恰恰在商店街燈的正中央，看得很清楚。

宛如紅色的星光。

第三話 人魚公主

「唉，我眞沒用……」

卯佐美苑繪坐在房間沙發上，用力抱住靠枕。大大的靠枕印著書架與裱框畫的圖案，和這個被書、書架與圖畫包圍的房間搭配起來相得益彰，深得苑繪的心。

書架旁放滿植物花卉，這天夜裡，也有繁茂的綠葉與淡淡花香相伴。

「我爲什麼要在那時候哭呢？應該要回些瀟灑的台詞呀，不然至少也說『月原，好久不見』、『你看起來氣色眞好，太好了』之類的，不是很好嗎？

不，應該要說「《四月的魚》佳評如潮，太好了」，或是「我也很高興，這是個好故事」等等。

「唉，討厭，我年紀不小了，到底在幹麼呢？眞笨。」

居然一句話也說不出口就哭了。更慘的是還差點摔倒，被對方給救了，完全沒長進，和一整還在店裡時一模一樣，她好希望自己能稍微成長。

羞恥心和沮喪的心情，讓她只能埋入靠枕當中，恨不得就此消失。

今天，月原一整拜訪了苑繪任職的銀河堂書店，聽說他和店長被老闆找去吃飯。眾人在數天前聽到消息，很在意究竟是什麼事。難道一整會回來銀河堂嗎？這件事引發店員們熱烈討論。

無法否認，苑繪內心悄悄期待是這樣。

六月左右，也就是《四月的魚》的出版時期，福和出版社的大野給她看了智慧型手機拍的照片，裡面有拍到一整。但自三月起，苑繪就沒見過一整本人，開心之餘也擔心他過得好不好。

六月時，大野手機裡拍到的一整佇立在一家散發懷舊氛圍的古老小店（聽說叫櫻風堂書店），儘管有些瘦了，但看起來很開心。還有一張照片應該是按照大野的要求拍的，只見一整手捧《四月的魚》，笑咪咪地站在鏡頭前。

（聽說他很喜歡我的畫……）

爲了狂推《四月的魚》，苑繪替銀河堂畫了巨幅圖畫作大型布置，用來襯托《四月的魚》漂亮書封，特陳尺寸和人一樣高好吸引顧客圍觀。苑繪誠心祈求能誕生魔法奇蹟，努力揮灑畫筆。最後，這幅畫還被銀河堂書店所屬的星野百貨當櫥窗展示，博得好評。

（我並不曉得那幅畫是否眞如大家所說的那麼好……但聽了眞開心。）

不僅如此，大野和柳田店長提到，月原一整也很中意苑繪的畫，利用它製作了手寫立牌和海報，布置櫻風堂書店。

（好難相信這是眞的……彷彿在作夢。）

苑繪從小便是如此，她非常喜歡畫畫，但對自己的繪畫水平毫無概念。她總是邊畫邊祈求能如實呈現眼底所見的美麗模樣，不曉得其他人看來會是什麼感覺。

所以，她一直以爲自己畫的東西很奇怪。

（畢竟之前幾乎沒給其他人看過……我從不在學校畫畫，美勞作業也沒交。）

很久很久以前——在苑繪讀幼兒園的時候，只要她認眞畫圖，老師們都會露出困惑的表情，這件事她還清楚記得。

「不能畫得普通一點嗎？」

或是「不能更像小朋友畫的嗎？」

他們伴隨嘆息提出質疑，眼神彷彿看見什麼怪物，讓她很害怕。

朋友取笑她「好奇怪的畫」。

苑繪無法理解究竟哪裡不妥，很長一段時間，她絕不在人前畫圖，總是躲在家中自得其樂，偶爾覺得滿意，也不輕易給別人看。

不過，從小學四年級認識到現在的死黨渚砂和父母看過她的圖，一致表示喜歡，還稱讚她畫得很好。哪怕這些話只是安慰，她也很開心。

「——可是，銀河堂的大家和星野百貨的人，全說那張畫漂亮。」

連月原一整也給予讚美。苑繪不由得臉頰發燙，雙手掩面。

「我畫的東西，似乎沒有想像中奇怪……也許，我可以按照自己的意思來畫……？」

作作夢似乎也無妨。她暗想。

「我可以畫畫看繪本嗎？可以奢望當繪本作家嗎？」

胸口深處彷彿燃起一盞星燈。

苑繪從小愛看繪本。有一段時期，她交不到朋友，只能與圖畫爲伴。最珍愛的那一本繪本雖然已經不見了，但收到書的喜悅從沒少過。託雙親與母親的好友柏葉鳴海之福，苑繪得以在有大量繪本的環境中長大。長大成人後，苑繪對童書的熱愛也絲毫不減，也許是因爲這樣，才成爲書店的童書區負責人吧——不，肯定如此。

在她的心靈深處，始終懷藏著小小的心願——好想創作繪本，好想當繪本作家。想構思故事，用美麗的圖畫來表現。

創作世界上絕無僅有，屬於苑繪自己的繪本。

（如果可以，想讓很多小朋友和寂寞的大人讀一讀，我想畫出這樣的故事。）

如同苑繪所珍愛的世界上無數繪本，同樣成爲不朽之作。她想讓世人看見。

期盼有朝一日，自己的繪本能擺在銀河堂書店這樣的書店。

儘管擁有美麗的夢想，但她以爲自己沒天分，本來已放棄了——

（可是，作作夢也無妨吧。）

苑繪抱著靠枕起身，望向植物後方的窗外夜景。

待在明亮的房間裡，透過蕾絲窗簾看見的夜空，雖不見一顆星斗，不過苑繪知曉，那裡其實有滿天的星星亮著燈。

「——我想讓像我這樣的孩子，看看我畫的繪本。」

苑繪是受到家人寵愛的幸福孩子，卻因爲和其他人有點不一樣而被嘲笑、被欺侮，無法融入團體。她是遭到排擠的孩子，時常自我懷疑：「我可以待在這裡嗎？」

可是，苑繪也深愛美麗的事物，喜歡人類也熱愛著動植物，她深愛整個地球、宇宙和世界，很高興能誕生在這個星球上。

（我最喜歡畫畫了。）

就連孤單寂寞的時候，她也熱愛著生命——苑繪是這樣的小孩。

「獻給世界的情書」——如同《四月的魚》的作者團重彥所說（一整也聽說了這句感言，柳田店長告訴他的），苑繪的圖或許就是「獻給世界的情書」。想將思念訴諸言語，卻被淚水融化。於是，苑繪將心中滿溢的心意，化作色彩與構圖，躍然紙上。

她想在這個世界上，留下自己的情書。

以書的形式。

如今日本各地——世界各國，一定也有許多和童年的自己一樣的寂寞小孩，她想畫一部繪本獻給他們。如同替《四月的魚》繪製主視覺插畫，苑繪想傾盡畢生技術和祈禱，使用注入魔法力量的靈魂顏料，創作繪本。

苑繪對著房間看不見的星星祈禱。

爲自己祈禱，也替未來那些開心收下繪本、反覆閱讀，將之視作珍寶的孩子們祈禱。

「請替我實現心願——」

回想起來，這似乎是她第一次爲了自己祈禱。

很小的時候，有一本繪本令苑繪愛不釋手。那是她最重要的寶物，可惜書名和作者名已消失在記憶深處。繪本的故事說，在月亮的另一頭，有個魔物居住的地底王國，一位心地善良的孤單王子，住在冰晶和水晶築起的城堡。這是關於這位魔法師王子的故事。

至今苑繪猶記，兒時想和那位王子當朋友的心情。苑繪的強韌與溫柔，肯定以這本繪本的記憶爲核心，化作結晶了。

王子住在月世界的冰晶城堡，抱著小貓，俯視地球，很希望能交到朋友。苑繪小時候很想當王子的朋友，於是在心底發誓，要當一個勇敢而溫柔的女孩。

（雖然繪本最後遺失了。）

某天想找就找不到了，像被魔法變不見似的。

不過，它始終住在苑繪的心裡，連同變堅強的心願，片刻不曾消失。苑繪是個愛哭鬼，但在重要時刻絕不臨陣脫逃。因爲，心裡的繪本是苑繪的勇氣泉源。

她想畫出能永遠存在孩子心中的繪本。

傳來輕輕的敲門聲。

幾乎在同時，母親茉莉也笑吟吟地開門進來。

「我收到上等的梅酒，要不要一起喝？」

托盤放著玻璃精工杯，杯子裡可見琥珀液體和形狀漂亮的冰塊，飄來淡淡香氣。

「啊——謝謝媽媽，我要喝。」

雖然略吃一驚，不過苑繪很高興。

夏日夜晚喝梅酒特別香，來點冰甜酒製品和紅茶利口酒也很棒。

苑繪拿起冰鎮過的玻璃杯。茉莉也偷看她的臉，在沙發坐下。

「對了，苑繪，媽媽剛剛不小心聽到一點，妳說的心願，是什麼心願？」

難道和戀愛有關？她笑咪咪地偷問。

茉莉也的口紅是時下流行的漂亮顏色，今天依然是全身打扮無懈可擊的美女。不愧是模特兒出身，果然不同凡響，現在仍以一線經營者身分接受高級婦女雜誌採訪。

早婚的茉莉也，嚮往當個和女兒情同姊妹淘的母親，因此從以前就特別愛過問苑繪的感情事，說好聽是浪漫派，說難聽是愛八卦湊熱鬧，與其說她像母親，感覺更像年齡差距大的姊姊或閨蜜。

苑繪並不討厭這樣的母親，她們母女感情總是很好，苑繪也欣賞母親認眞拚事業的女強人姿態。茉莉也是進軍全球的童裝品牌公司老闆；附帶一提，苑繪的父親和茉莉也是共同經營者，經常飛國外，很少待在日本，但他深愛自己的妻子，是個很棒的父親。

「媽媽眞是的。」

苑繪苦笑。

「不是那種願望啦，應該算是……將來的夢想吧？」

「將來的夢想？和喜歡的人結婚，繼承媽媽的公司之類的？喏，是不是那個去山間小鎮繼承書店的前輩店員呀？」

「不是啦，我不想說了。」

大概是喝了梅酒的關係，她的臉頰再度變得紅通通。

「我和月原先生，呃，不是妳想的那樣。我說的夢想是更大的夢想——唉，算了。」

苑繪乾笑帶過。她將新生的夢想如易碎的雞蛋般，小心翼翼地捧在懷裡，現在還不想告訴任何人。

「對了、對了，我正要和妳提這件事。」

茉莉也自個兒點頭。

「咦？月原先生嗎？」

「和他有關，但不完全是他的事。」

茉莉也啜飲梅酒，哼歌般地說著。

執起酒杯的手指做了美甲，亮晶晶的很漂亮。

「說到櫻野鎮，我想起來了，媽媽從前還在當偶像時，去櫻野鎮做過電視節目採訪喔。那裡號稱『被時光洪流擱置的忘卻小鎮』，小歸小，卻是個很迷人的觀光地，媽媽記得當時大飽了口福，還參加了當地的慶典活動。」

茉莉也語帶懷念地說。

「我現在仍記得那個美妙的小鎮。嗯，離東京有點遠，離風早鎮也有一段距離，所以更像走入另一個世界。那裡有古老的教會和廢棄的小學校舍，還有古典旅館。回想起來，我應該走過櫻風堂書店的門前，那條商店街本身就像風景明信片和繪本，十分夢幻，那裡的人也都很善良。對了，我當時心想『原來世界上眞有這種小鎮』，『一直住在這裡似乎很幸福』，『如果能在這裡出生該有多好』。大概是這樣的心情吧。」

「加上當時正逢工作倦怠期。」茉莉也微笑補充道。「山間小鎮晨霧瀰漫，被綠樹包圍的模樣，令人記憶猶新。小鎮經營的溫泉熱呼呼的，牧場新鮮的牛奶和冰淇淋香甜可口，非常療癒，我恢復了元氣，回到城市後如獲新生呢。」

「所以呀，」茉莉也接著說。「苑繪喜歡的前輩到那裡，一定也會受到洗滌，如獲新生喲。」

這眞的太好了呢——茉莉也微笑。

苑繪點點頭。原來如此啊，一整待在療癒的小鎭裡，難怪六月的照片看起來如此開懷，今天在店裡遇到時精神也不錯。她想了想，總算搞懂了。

茉莉也愉快地享受梅酒，露出懷念的微笑。

「我當時心想，有朝一日一定要回去小鎭，爲此要先努力工作賺錢才行，揮手和感情變好的小鎭居民道別。結果，日子在忙碌中度過，回過神來就長大了。可是呀，我始終將櫻野鎭的回憶收納在心中的相簿。好想再嘗一嘗那裡的牛奶，泡一泡舒服的溫泉啊。那裡的溫泉泡過之後，皮膚會變得很光滑喲，旅館的料理也很美味。」

苑繪聽著感到羨慕不已，她還沒去過那座小鎭。

自從聽說一整在那裡的書店工作後，她一直想看看，恨不得立刻飛奔。問題是，搭電車轉乘需要五小時以上，下車後還得徒步走山路三十分鐘才會到，要去眞的需要一點勇氣，更別提苑繪平時不出遠門。

聽說開車約莫兩小時，然而苑繪沒有駕照。也許可以拜託會開車也會騎車的好友渚砂載她去，但想到往返車程就要四小時，她覺得更不應該麻煩朋友。再說，千里迢迢跑去櫻風堂書店，一整似乎會露出詫異的表情問：「卯佐美小姐，妳爲什麼特地跑到這麼遠的地方拜訪我呢？」思及此，她更提不起勁，絕望到沒有勇氣跨出那一步。

話說回來，茉莉也剛才有一句話令她很在意。

「妳剛剛說，當地的慶典活動？櫻野鎮有祭典嗎？」

「有喔，那是歷史悠久的祭典，只是不有名，規模也不大——喏，畢竟他們人口少嘛，不過啊，那是氣氛很好的美麗祭典喔，在農曆聖誕節舉行。」

「農曆、聖誕節？」

「應該說，陰曆的聖誕節吧？一般來說，農曆十二月差不多是國曆的一、二月，媽媽已經忘記當年參加時是一月還是二月了，只記得那天下雪，非常寒冷，但是一場美麗的祭典。聽說櫻野鎮曾是隱匿基督徒的藏身處。日本從前曾禁止基督教，從遠方逃來的信徒及子孫在旅途中經過了這裡，棲身下來。在那個時代，隱匿基督徒以膜拜觀音像和寺院參拜的方式偽裝自己的信仰，對耶穌和聖母瑪麗亞獻上祈禱，連聖誕夜的彌撒也裝成寺院和神社的參拜日呢——喏，媽媽很博學吧？」

茉莉也得意地呵呵笑。

「其實我只隱約記得一點點啦，當時爲了去採訪，還先做足了功課呢。然後啊，現在那裡蓋了新的教會，舉行現代風格的聖誕晚會，但也會沿襲先祖傳統，在農曆聖誕節時，以古老的方式慶祝。媽媽去採訪時，當地正在討論能不能以祭典爲號召來復興小鎭呢。當天夜晚是『神誕日』，要祭拜古時候的公主——在晚上舉行『星夜祭』。」

星夜祭——苑繪心想，好美的名字啊。

「這是關於鞠公主和群星的不思議湖泊傳說，自古流傳於那座小鎭的奇妙童話，還有民間故事的版本喔。噯？我沒向苑繪說過嗎？好，我來說。嗯，好久好久以前……」

茉莉也換上說故事大姊姊的語氣，講述古老的故事。

苑繪想起兒時母親常常像這樣說故事，忍不住嗤笑。茉莉也是位擅長說故事的母親，苑繪喜愛繪本，受到母親極大影響。在書店負責童書繪本的她，一個月要在孩子面前說好幾次故事，有時難免緊張怯場，但那是相當愉快的時光，迴盪耳際的說故事聲，神似母親的念法。

「這是好久好久以前，日本還有武士和公主，狐狸和狸貓可以幻化成人時的故事了。」茉莉也面帶微笑，吟唱般地娓娓道來。

「在山中的小小村落裡，有一位公主，歷經了漫長的旅程，筋疲力盡地來到這裡。那是一個下雪的夜晚，她獨自一人跋山涉水，走了好長好長的路，好不容易躲過追捕，才抵達這個地方。她的名字叫鞠公主。鞠公主是隱匿基督徒的公主，故鄉小國遭到殲滅，只有她一人逃了出來。在那個古老的時代，日本禁止人民信仰基督教，一旦被追捕者發現就會被抓，不捨棄心中的信仰就會失去性命。然而，鞠公主深信只要翻越山嶺，之後會有部下接她逃到國外，如此一來便能獲救。

「村裡的居民信奉同樣的神明，他們悄悄藏起自己的信仰，用這種方式苟活下來。他們同情鞠公主的遭遇，但若貿然包庇公主，將她藏匿在村落裡，怕整座村子會受到牽連。此時此刻，追捕者說不定正分秒逼近，村裡的信仰若是因此曝光就糟糕了——

「鞠公主是一位心地善良的公主，擁有堅強的心，她說：『不能給各位村人添麻煩，但請至少讓我在此歇息一晚，明天晚上，我會獨自離開，翻越山頭。』

「圍繞村落的山是一座險峻的高山，山腳下是深邃的冷杉森林，還有一座大大的湖，湖外有小溪和懸崖，還有幾座小瀑布，想要翻越山嶺，必須先繞過危險的湖泊地帶。即便來到山腳下，還得千里迢迢地跨越高山，沿路危機四伏，連村子裡的樵夫和獵人都不會輕易踏入。但是，鞠公主靜靜地說：『倘若我命不該絕，神一定會向我伸出援手。』

「村民被她的虔誠打動，這一夜，他們誠心款待這位勇氣過人的公主。

「他們從河川養殖的魚裡挑出最肥美的魚，製成串燒，撒上貴重的鹽，在地爐邊烤得香噴噴，還招待她吃美味的火烤雉雞肉乾；村婦用麥飯包味噌，捏成熱呼呼的飯糰，請鞠公主享用。孩子們替鞠公主倒青草茶，嚼碎藥草製成藥膏布，敷在她疲累的雙腿上。長者教導公主如何在冬夜翻越高山，流著眼淚同情她的遭遇。因爲，光憑這位善良的公主隻身一人，想要翻越冬日的湖泊和高山，實在太難了。

「於是，這一夜，公主接受村人的款待，也疼愛著村裡的孩子。那是一個下雪的夜晚，她用和服裹住孩童，如同抱著自己的孩子，哼唱故國的搖籃曲，訴說傳說故事，並且告訴他們神眞的存在。

「『在我們看不見神的時候，神也凝視著我們。我們只需端正心念，做正確的事，如此一來，神一定會派出使者救我們。』

「當天夜裡，鞠公主好好睡了一覺，在村裡藏身到隔日傍晚便獨自啓程。村裡的孩子們依依不捨地大哭，村裡的大人們送了許多禮物給可憐的公主。裡面有凝固風乾的好吃味噌、用橡實粉和甜甜的花蜜烤的香噴噴餅乾，還有兔皮製的圍巾、和太陽公公一樣紅橙橙的柿子乾，以及用村子裡的木蠟樹製成的蠟燭，讓她帶在路上。村人送的每一樣東西，都埋藏了心意。

「那天晚上，是很久很久以前，耶穌在遙遠的異國誕生的夜晚。

「鞠公主誠心感謝每一樣禮物，向村人道謝。

「『我若能幸運活下來，未來必定再次回到村子裡。屆時，我將獻上自己擁有的最好的物品當作禮物。』

「於是，鞠公主朝著湖的方向和湖後的山出發，獨自踏上旅程。幸運的是，當天夜裡沒下雪，是晴朗的天氣。聽說那一晚的星空燦爛無比，彷彿伸出手就能抓到星星。

「星空下，鞠公主在村人的目送下，踏上漆黑原野——接下來究竟會發生什麼呢？在天空閃閃發光的星星，如下雪一般飄了下來。群星彷彿大大的螢火蟲，降下水面和湖周圍的冷杉樹梢，停在上面一閃一閃。

「鞠公主的腳下被星光照亮，因而安然地繞過湖泊，越過遙遠的山的另一頭。村人口述這個傳說，說那些光是天使爲了心地善良的鞠公主，特地飛下凡間點亮的燈火。不久，追捕者來到村落，不知從哪聽到鞠公主穿越湖泊、翻越山嶺的消息，追了過去。但這些人被又大又深的湖泊、小溪、瀑布及冷杉森林阻擋，最後無功而返。」

茉莉也不疾不徐地說完故事。

苑繪小聲拍手，詢問母親：

「多麼不可思議的故事。那鞠公主翻山越嶺後，順利得救了嗎？」

她是否在星光的守護下跨越高山，平安逃到國外了呢？

追究日本傳說故事的結局沒有意義，但苑繪就是很在意。

眼底彷彿看見鑲滿星星的冬夜荒野、閃亮亮的湖泊，以及聳立的高山。美麗的公主在星光的守護下，獨自穿越夜路。

「這個嘛，究竟怎麼樣了呢？」茉莉也微笑。「有上帝和天使從天空守護著她，相信她能順利翻山越嶺，渡過大海，安全逃到國外去吧。媽媽是這麼相信的喔。採訪的時候啊，聽說村裡的老人到現在還深信鞠公主平安無事，等著她回來呢。」

「現在還在等？」

這應該是好幾百年前的約定了吧。苑繪思忖。鞠公主究竟幾歲了呢？

「哎唷，畢竟是古老的傳說嘛。」

茉莉也莞爾一笑。

「可是啊，爲了不忘記那一夜發生的奇蹟，從今以後，那座村莊——也就是現在的櫻野鎮，至今仍在農曆聖誕節前的平安夜，在湖畔點亮燈籠喔。蠟燭是鎮上的其中一項名產。他們把五顏六色的蠟燭放進燈籠裡，在湖邊點亮，也放入水裡。水燈一併點亮了湖周圍的冷杉森林，加上飄下來的雪，簡直像是星星從天空掉下來，整座森林彷彿成了一棵巨大的聖誕樹，是很美妙的祭典活動。」

「整座森林……就像一棵聖誕樹。」

苑繪深感著迷。聖誕樹的森林啊——

光想像就美極了。

「好棒啊……我也想去去看。」

「那就去啊。沒錯，參加吧！」茉莉也飲盡杯中梅酒，斷言道。「有夢想和心願需要實現的人更要去。苑繪，妳有夢想，不是嗎？那就去呀！」

「嗯？爲什麼？」

茉莉也豎起食指。

「那個祭典呀，對，後來漸漸演變成『星夜祭』，不知從何時起，傳說在湖裡點亮燈籠可以實現心願。」

「眞的嗎？」

「眞的。」母親笑臉秒答。

「當時啊，媽媽許願『我想邂逅最重要的人』，放了水燈，之後就遇見了妳的爸爸。能和這麼棒的人相遇，我到現在仍認爲是奇蹟喲。」

「是是是。」

「晚安。」

苑繪笑出來，茉莉也跟著笑，說聲「那我先走囉」，端起托盤走出房間。

苑繪朝母親的背影揮揮手，腦袋微醺地抱住靠枕。

她凝視著窗外。

（「星夜祭」嗎……）

好漂亮的祭典啊。她心想。

在山間的小小古老觀光地，有一座湖，湖的周圍環繞著冷杉樹林，在那裡降下一月——農曆聖誕節的白雪。燈火點亮冷杉森林，點亮湖泊。許許多多的水燈，載著人們的心願，漂向水面，燃起無數的希望——

（一定很美……）

她想親眼瞧瞧。

穿上中意的白色大衣和駝色短靴，在漫天飄舞的白雪中呼出白色霧氣，朝著點亮燈光的森林和湖前進。

當她許下心願，在湖邊放水燈時，身旁陪伴的人是——

「好想和月原先生一起去參加祭典啊。」

苑繪想像那個人微笑的表情，突然覺得自己像個傻瓜，害羞得不得了，把因爲酒意而通紅的臉頰埋進靠枕裡。在想像中的世界裡，苑繪來到降雪的森林，她沒有跌倒，沒有說話，只消抬起頭，便見到月原一整在身旁微笑。

這天晚上，是苑繪的同事兼閨蜜三神渚砂前往FM廣播電台錄音的日子。最近錄完節目後，她常和作家蓬野純也一道去咖啡吧，吃遲來的晚餐，喝莫希托雞尾酒。由於兩人磁場投合，電台導播越來越常指名蓬野上節目。

渚砂煩躁不已。她喝下加入大量薄荷葉的大杯莫希托，下意識地用調酒棒猛戳薄荷葉，都快把葉子戳碎了。

「我說……」

蓬野不改沉穩笑容，出聲關切。

「三神小姐，妳今天怎麼啦？」

「沒事啊。」

渚砂愛理不理地回，蓬野繼續詢問：

「今天錄廣播的時候，妳有點心不在焉，一直低著頭，好像心情不太好。」

「哪有，才沒有這回事。」

渚砂半帶怒氣地矢口否認。

「是你自己想太多。」

蓬野純也——相貌、知性與才華兼具的暢銷作家——對了，運氣和財力似乎也不錯，渚砂在腦裡修正。純也出自文學學者世家，本人也在私立學校教授法國文學。他專精的不只法文，舉凡文學，他都能用有趣的方式進行評論，天資過人又可靠，人緣好，性格佳——

（這傢伙眞讓人生氣耶。）

渚砂在心裡「嘖」了一聲。

她知道是自己脾氣不好，但今天，她可是內心懷抱著數道傷口，偏偏眼前卻是這個閃亮到刺眼的大好人，她怎能不氣呢。

今天，月原一整睽違多時拜訪銀河堂書店。

由於店長數天前就通知大家，這些天來，渚砂的心情都難掩雀躍。

（唉，我雀躍又有什麼用呢，他就類似我朋友的男朋友吧。）

不知道月原一整本人有沒有意識到這點，但他非常珍視卯佐美苑繪；卯佐美苑繪的眼裡也只容得下一整。

渚砂早發現——不，不只渚砂，恐怕在場所有人都能察覺兩人間流動的特殊空氣。

說到戀愛，渚砂有自信敏銳程度不輸給任何人。她知道自己還放不下一整。

她有意識地控制自己不栽進去。

（我不想背叛苑繪。）

（我絕對不會從信賴自己的人身邊奪走重要的東西。）

（絕對。）

既然已發現從小學認識到現在的好朋友苑繪愛上了一整，她當然不打算表達情意。萬一一整聽到告白之後，轉移注意力到她身上就糟糕了，渚砂不想奪走苑繪思慕的人，害她落淚。

唯有這件事，她抵死不幹。

她做不出那種類似偷腥貓的行爲。

（家裡遭到偷腥貓入侵的心酸，我從小就嘗夠了。）

這種時候，渚砂的嘴邊總是難掩苦笑。

渚砂的父親在外面有了新歡，和渚砂的母親離婚了。

（我喜歡他也尊敬他，畢竟是他帶我走入書本的世界。）

是那位父親與家中無數出自父親編輯之手的書，餵哺渚砂長大。

她的父親——夏野耕陽是任職於大出版社的文學線編輯，也是赫赫有名的文學主編。

他從年輕便與文壇一流的作家聯手催生出無數暢銷作和文學獎得獎作，與那些紅極一時、派頭大又豪爽的作家交好，晚上常去夜店暢飲，有時一起飛去國外賭場遊玩，在未知的國度海邊散步游泳。

他很少待在家，偶爾回來又馬上出門。渚砂還記得有天母親邊替回家的父親脫外套，邊笑著說「你好像放養的貓啊」。父親開玩笑，用醉醺醺的笑臉「喵」了一聲，渚砂也「喵喵」回應。渾身酒臭的父親對渚砂招招手，要她過來，緊緊抱著她。她也把自己當成貓，不停喵喵叫。

（和別人家的爸爸完全不同。）

也和故事中出現的父親不一樣。渚砂總是這麼想。

母親讚美父親的工作。從懂事起便熱愛書本的渚砂，也打從心底尊敬父親這個做書人。雖然希望他能更常待在家，但他仍是渚砂兒時最敬愛的父親。

回家時高級皮鞋被海水泡壞，累到在玄關倒地就睡的父親——風乾的鞋子裡帶了異國沙子回來的父親，是她心目中最帥的父親。

因此，渚砂極少在當時東京的家見到父親的身影。相對地，她透過各種媒體看見父親，讀著父親的話語。

報章雜誌和電視上的父親，和渚砂不認識的人吃著大餐，在陌生的場所歡笑。

東京的家裡有許多書，多到看不完的書排滿書架。裡面有培養出父親這位編輯的書，還有父親從年輕起經手編輯的各項作品。作家筆下的故事、遊記、對談和散文的字裡行間，不乏父親的話語和父親的聲音，因此，渚砂常常讀父親編的書，即使那些書對小學生來說太難，但只要多讀幾遍，就能了解不在身邊的人心中的想法，聽見那個人的說話聲，教導她認識這個世界和文學。

總覺得字句之間，滿溢著父親的思緒；總覺得書與書之間，藏匿著父親寫給某人的信；站在書架前，美麗言語的大合唱便傾瀉而來。

書裡承載了好多好多的「愛」。有對世界的「愛」，也有對人們的「愛」；有哭著低訴的「愛」，也有唱歌跳舞開心大喊的「愛」。換句話說，這些全是父親夏野耕陽用愛灌溉的書，是他做的書，他編輯並留存於世的書。

每一本書，作者都不一樣，但只要是父親做的書，都有一股相同的味道。渚砂喜愛父親經手的每一本書。

父親鮮少回家，難得在家時大抵很累，昏睡如一灘爛泥，父女間常連續數日沒有一句像樣的交談。但只要父親醒來，渚砂就會對他說話；只要聊起書，父親就會很開心。

父親曾經問渚砂，她讀自己編的書，心裡在想什麼？他會直視渚砂的雙眼問她覺得哪裡好、哪裡不好。無需顧慮他的感受，不需要客套話，覺得普普通通，但說無妨。若是因爲顧慮父親的感受，硬說難看的書有趣，會被他罵：「要誠實。隱藏最重要的想法，拐彎抹角地稱讚，這種作法並不可取。」

即使說得不好，只要如實傳達自己的想法，父親就會誇獎她。一時之間不知該如何表達那些抽象的感想時，父親會用詢問的方式教導她字彙，問她：「妳想說的是這個嗎？」遇到不會唸的生字、陌生國家的歷史，或是無數孩童難以理解的思想，父親便如親鳥餵食雛鳥，一點一滴地教她。

儘管下班後疲憊萬分，滿臉鬍子，看起來十分狼狽，卻笑咪咪、熱心愉快地教導她。等父親休憩完畢，馬上又會出門。

趕著做新書。

「因爲妳爸爸是做書的人呀。」

母親露出慈藹的笑容，這麼告訴她。

善解人意又漂亮的母親和父親是青梅竹馬，年輕時隨父親來到大都市，卻始終無法適應東京的生活，甚至交不到朋友。她不是愛看書的人，雖然深愛丈夫也尊敬丈夫，但始終無法理解他的工作內容。母親只是守在家，等待父親歸來，生活的動力就是養育渚砂。

那個時候，渚砂過得很幸福。她認爲自己是幸福的孩子。

然而，父親終究棄家而去。

一日，父親爲一位新秀散文作家的才華深深傾倒。漸漸地，從深愛女孩的才華變成愛上她本人。

接著，女孩懷孕了。

這件事，渚砂和母親從突然回家的父親口中聽聞。

父親低下頭，向她們道歉。

聽說女孩體弱多病，仍堅持賭上性命生下孩子。父親哭著說她很可憐。

母親聽了，與父親面對面正座，只說了一句話：

「我想問，難道我和女兒就不可憐嗎？」

父親深深低下頭，縮起身子，顫巍巍地說「抱歉」。

「抱歉，我是真心感到對不起妳們。請和我離婚吧。我要把房子賣了才有錢，請妳們忍一忍。」

母親靜靜質問：

「你——你要把我跟渚砂趕出這個家，對吧？你想說，這裡已經不是我們的家了？」

父親沒有回答。

渚砂也說不出話，呆呆站著，凝視父母。她的心凍結了，又熊熊燃燒，心中想到的只有書。家中那些父親編輯的書，那些滿山滿谷多到讀不完的——書。

有些書反覆讀過不下數次，有些書對孩童來說太過艱澀，有些書從未翻開。渚砂本來打算有一天要把那些書全部讀完。

離開這個家，把房子賣了，那些書會到哪裡呢？會賣掉，還是丟掉呢？

渚砂想問的是這個，但她直到最後都沒有問出口。

渚砂跟著母親回到娘家所在的風早鎮，住在外公外婆家。

歲月流轉，渚砂走上書籍相關產業。父親似乎知道她任職於書店，也知道她在哪裡工作，他來過店裡一次，兩人沒有特別交談。大概是因爲這樣，就這麼一次而已。

那天傍晚，渚砂走進收銀台時，察覺視線而抬頭，看到父親站在稍隔距離的店門口。

父女本人已相隔十幾年沒見面，但渚砂不曾忘記父親的臉，也不打算刻意遺忘。

而父親那邊——似乎也是一眼認出渚砂。

渚砂已經不是小孩，她長大了，模樣應該改變了許多才是。

對上眼的剎那間，父親抖了一下身子。

他恐怕無意被渚砂發現，臉上表情驚慌，寫著「糟了」。接著，父親猶豫了片刻，短短一瞬間似乎想用力揮手，但隨即轉身背對收銀台，就此消失。而渚砂也無意追上去，就算想追，眼前還有大排長龍的顧客等著結帳，她根本沒有閒暇。父女重逢，眨眼便結束了。之後，父親恐怕不曾再訪銀河堂書店，就算來過，渚砂也沒發現。

日後，渚砂偶爾會反覆思索，父親那天前來，究竟想做什麼呢？

是不是有話想說？或者只是想確認自己的孩子過得好不好？

在那一瞬間，父親似乎手中抓著一本書，想朝渚砂的方向揮，想表現出意氣風發的樣子。事後想想，也許父親拿著自己新編的得意之作，來給渚砂看看吧。也可能以此爲藉口，來看看女兒。

看看長大後在書店工作的女兒。

也許想問她：「讀過我做的新書了嗎？」「感覺怎麼樣呢？」

宛如還住在東京那幢大房子時的幸福年代。

僅此一次，眞的就這麼一次，渚砂有機會見到了父親。其實兩人可以透過工作關係打聽見面，但他們並未這麼做。

渚砂的爸爸是夏野耕陽這件事，她沒告訴店裡任何人，也沒讓經常出入的各家出版社業務知道。現在他們姓氏不一樣，長得也不像，只要不說，沒人會發現兩人的關係。

渚砂認爲，父親也沒有特別說出去。縱使聲勢不若從前，但在這狹小的業界，仍具炒作性的父親與擁有王牌店員之稱的三神渚砂是父女這件事，不曾在任何社群引起話題。不知是幸抑或不幸，渚砂至今不曾在任何地方耳聞，不曾被人問起。

（我小時候眞的很仰慕你。）

（你是那麼厲害的編輯。）

（到頭來，卻被一個不怎麼樣的女人蒙蔽了雙眼。）

父親提出分手那一天，母親最後笑著說「那也沒辦法」。

她在跪地磕頭的父親身旁坐下，溫柔地摸摸他的肩膀說：

「好吧，我原諒你。你曾經是我最愛的人。」

母親用了過去式，面帶笑容，眼眶濕潤地說。接著，她便帶著渚砂回到老家。

曾經是父親的人始終趴跪在地，不敢和渚砂對上眼。

父親和那名年輕女作家共住了一陣子，原先應該體弱多病、來日無多的女子，藉由父親編輯的書出道，一夕成名，沒多久便拋下父親，帶著剛出生的孩子離去。現在似乎和某位藝人結了婚，偶爾出些散文和短篇集，一家三口快樂地搬去國外生活。每次她出新書，任職的書店進了她的書時，渚砂都心情複雜。父親自從和她分手——不，被她甩掉之後，再也沒編出亮眼的書籍了。夏野耕陽的書，已不若從前那樣大賣，同時也失去了魅力。渚砂心想，原來做編輯的人，也會遇到瓶頸啊。

那些年，父親經手的書散發出來的氣勢和光輝，究竟都跑到哪裡了？

（不過，我也覺得他活該啦。）

因果報應就是這麼回事。渚砂想。背叛妻子的信任與愛，走不出瓶頸是自找的。

此外，和時代改變有關吧。渚砂曾聽出版社業務聊到，現在已經沒有會和編輯推心置腹暢飲到天明的作者了，總想趕在末班電車前結束討論，說聲「拜拜」就回家，當然編輯也會直接回家。

（說來，算是家人值得慶幸的時代。）

想歸想，渚砂的心底多少感到惆悵。當年和父親聯手出擊，一再推出暢銷作品，並且登上大銀幕的作家們，如今已極少出新書，也不曾再掀話題。

渚砂在內心發誓，自己絕不當隨便入侵別人家的偷腥貓。

自從小學四年級被父親背叛後，她便如此發誓。她告訴自己，絕對不當那種人。千萬不能讓別人嘗到自己和母親遭背叛捨棄的難過滋味。

她不打算向月原一整表白。

恐怕一輩子都不會告訴別人吧。

因爲，卯佐美苑繪是渚砂在這個世界上最想守護的重要朋友。

月原一整……

應該也是很重要的存在，渚砂肯定不會對他表達心情。這就是三神渚砂爲人的骨氣。

（我不會奪走別人重要的寶物。）

絕不用這種方式使人落淚。

（那一天，我已經發過誓了。）

與深愛的父親、溫馨的家庭與塞滿書的書架告別的那一天，渚砂和母親走出家門時，含淚發下了重誓。

渚砂咬緊牙根，抵死不回頭。她怕回頭看到父親站在門前，望著自己，所以用力挺直脖子和背部，堅持不回頭。她心想「誰想多看你一眼啊」。現在換她拋棄這個忘恩負義之徒。小學四年級生的自尊，讓她握緊母親的手，用力向前邁步。

渚砂調整心情，提醒自己掌握好身爲一整與苑繪同事兼朋友的微妙距離。

巧的是，渚砂和一整也是認識多年的網友。

渚砂在社群網站和部落格使用「星之松鴉」爲網路暱稱，一整則是「蝴蝶亭」。兩人皆隱瞞本名活躍於網路上，長年經營口碑極佳的書評部落格，加上是同世代的書店員工，對書的喜好相似到驚人的地步，不知不覺便熟稔起來。

他們不曾在現實中相約見面，也不知道彼此的身分，多年來在網路上都是臭氣相投的好哥兒們。然而就在某一天，渚砂從一整寄來的郵件裡，發現這位前同事就是網友蝴蝶亭；同時，察覺自己對一整的思慕。

她獨自察覺了這件事，毅然決定放棄這段感情。她不會讓一整猜出自己的身分，也不會以星之松鴉的身分與他相認，永遠都會是他的朋友。

（我打算這樣悄悄守護他們。）

如同飛向天空的鳥，遠觀地面的人群。

想用這種方式，守護兒時玩伴和暗戀對象的幸福。

（只是，就算下定決心，腦袋想是一回事，實際上做起來又是一回事。）

和一整久別多時見面，第一眼看見的畫面卻是一整半擁著苑繪，兩人四目相接。頃刻間，渚砂下意識地上前打斷他們。下一秒，她馬上在心中暗叫後悔。既然要祝福他們，就不該上前打擾兩人的小世界。事後回想起來，當下若能開個玩笑虧虧他們該多好，渚砂氣自己沒用，結果不小心瞪了一整——

（我到底在做什麼呢？蠢極了。）

待一整和店長走出店門，她將手帕借給哭泣的苑繪，自己則沮喪嘆氣，陷入自我厭惡。自己非但沒成爲苑繪的助力，還打擾了她，到底在幹麼呢？

渚砂回想遙遠的兒時記憶，自己發誓要保護朋友的那一天。

她想成爲騎士、成爲劍士，守護苑繪。想永遠陪在她身邊——明明兒時發過誓了。

渚砂一直都想當一個堅強的人。打從被父親拋棄的那一天起，她就不曾哭泣。因爲她明白，世界上有太多寂寞和痛苦，哭泣於事無補。

剛搬到母親的老家風早鎮時，她曾數次目睹母親在外公外婆的面前靜靜流淚；看過外婆爲她心疼地哭，也看過外公在深夜熄燈的道場暗自飲泣。

渚砂認爲自己不能哭。

當母親抱緊她，或外公外婆關心她時，她會裝作什麼也不知道，開朗地笑。她沒有想要的東西，但是每當外公問起，她會回答「想要變強」。

請教我劍術。她說。

長大成人後回頭審視自己，才發現當時應該好好向大人撒嬌。渚砂當年才小學四年級，應該大哭大鬧，更依賴大人。相信無論何時，大人都會對她伸出雙手，給她溫暖的擁抱。然而，渚砂選擇輕輕撥開手，學著變堅強。

用自己的雙腿站穩腳步。

想成爲守護別人的那一方，不讓別人哭。

因為，渚砂已經沒有父親了。

小學四年級時轉學的小學裡，教室中有個女孩和她對上眼。女孩穿著漂亮的衣服，氣質高雅溫柔，因為個頭嬌小，坐在前排座位。

渚砂覺得她就像童話故事裡的女生。

女孩的桌上放著讀到一半的故事書，那是渚砂的父親從前做的書。

那是父親少數編過的童書之一，聽說銷量不好。

可是，渚砂非常喜歡那個故事。

「那本書，好看嗎？」

「很好看。」

女孩雖然膽小害羞，仍用笑容回應。那是她們初次說話。

從那天起，她們就成為好朋友。

苑繪家在渚砂的外公外婆家附近，兩人總是膩在一塊兒。苑繪的母親不分彼此，對渚砂像對自己的女兒一樣疼愛。苑繪的父親不常在家，因此渚砂剛拜訪時，苑繪的母親向她誠心表達謝意，說這是內向的女兒第一次交到好朋友。

渚砂的外公外婆和母親也很歡迎可愛的苑繪來家裡玩，熱情招待她。於是，在那令人懷念的少女時代，兩人時常往來彼此的家，愉快度過四季活動。女兒節和夏日的泳池，還有收音機體操、秋收祭與聖誕節，在渚砂的記憶所及之處，都有苑繪的身影。

然後，五年級的夏天，兩人闖入附近的廢棄房屋，每天躲在院子裡打造花園。她們在無人居住的洋房院子悄悄翻土、播種、插秧、澆水，造出一座彷彿會有妖精住在裡面的美麗花園。

那是她們的祕密花園。

她們在那裡讓許多花開花，其中包括追逐太陽的向日葵、很像玩具花的大麗菊和萬壽菊、凌霄和藍花西番蓮，還有惹人憐愛的長春花。

就在她們慢慢讓花朵盛開，準備迎接齊放的美景時，祕密花園被破壞了。

那裡本來就是別人的屋子，是她們擅自跑進別人家的院子裡遊玩，花園被拆也莫可奈何。爲了蓋新房，屋主拆掉了舊屋，順便剷平了院子。花朵被連根拔起、粗魯折斷，像垃圾一樣丟在土壤上。

「想不到會變成這樣。」

得知院子被拆除時，渚砂睽違多時紅了眼眶。

「早知道再也看不到，應該要看最後一眼，記住最漂亮的時期，好好道別的。」

她對苑繪表示想看花園最後一眼，至少爲它們拍照留念。想到昨天花朵還漂亮盛開，不知是爲它們惋惜還是爲自己惋惜，便覺得心如刀割，非常難受。

當時苑繪不知爲何沒有哭，她安慰渚砂，鼓勵地問了一句話：

「只要能再見一次那些花，渚砂就會開心嗎？」

倘若魔法能將那些花變出來，該有多好。

渚砂哭著點頭，苑繪似乎盤算著什麼。

記得是隔天早晨，當時渚砂哭得雙眼又紅又腫。

苑繪抱著大大的寫生簿來到渚砂家。

只見她神色緊張，咬住下唇，默默翻開頁面。

花園頓時綻放在眼前。

直至昨天還盛開的花朵，已不存在於世的院子，美麗地躍然紙上，而且比記憶中的花開得更旺，更美了。要是院子沒被剷除，肯定會開得和寫生簿裡的花朵一樣漂亮。

「我回憶，畫下它們。」

苑繪聲音微微顫抖地說。

「不要哭了。畫紙裡的花不會枯萎，永遠陪伴在渚砂身邊喔。」

那幅畫完美到如同用相機拍下來的。非常漂亮。

苑繪吞吞吐吐地說，她能對事物過目不忘。想記住的東西不用說，但就連不想記住的東西也會記下。

然後，她可將記憶中的風景，用畫畫的方式複製下來。從前她以為所有人都做得到，因爲對她來講易如反掌。她甚至以爲大家都做得到，卻假裝沒這回事。

直到她在幼兒園和小學畫畫，被嘲笑畫得很奇怪，老師也吃驚地說，這不像小孩畫出來的東西，她才終於明白，只有自己可以過目不忘，將記憶中的景物轉移到畫紙上。

苑繪說，當時所有人都當她是妖魔鬼怪，因爲害怕而排擠她。

「我已經不在學校畫畫了，不讓任何人看到我畫的圖。可是，因爲渚砂說想再看一眼那些花的模樣，我決定再畫一次。」

苑繪低著頭，顫抖的雙手抓住裙子。

「渚砂，妳會不會因爲這樣就討厭我呢？我又會變成孤單一人嗎？」

是不是不畫比較好呢？挾帶嘆息的聲音，彷彿如此說著。

「謝謝妳。」渚砂破涕微笑，拭去眼淚。

她微微彎下腰，凝視苑繪的臉。

接著，輕輕握起那雙小手。那雙沾滿顏料的白細手指。

「嗳，我們要當永遠的好朋友喔。」

她握緊那雙手。「約好了。」

苑繪戰戰兢兢地回握。

「渚砂，妳不怕我嗎？會不會覺得不舒服？覺得我像怪物或是魔女呢？」

「才不呢，苑繪就算是魔女，也是好魔女。因爲，妳會這麼棒的魔法啊。」

「就算我是魔女，妳也不怕嗎？」

「因爲妳是善良的魔女啊。」

苑繪抽抽搭搭地哭了起來，渚砂輕拍她的肩膀，接著用盡所有她能想到的話語，說明苑繪的畫有多棒；自己能在畫中再見到那座花園，有多麼開心。她用自己的手帕替苑繪擦去淚水。

寫生簿裡的花，現在還在渚砂家裡，裱在畫框掛在房間。每當悲傷或消沉之時，只要抬頭欣賞牆上盛開的花園，心情就能恢復鎭定，即使長大成人後也一樣。接著，她會想起當時緊握的小手，那沾滿顏料的指尖觸感，那雙悲傷落淚的褐色眼瞳，以及終於破涕爲笑的那張笑臉。

（妳才不是魔女。）

（也不是妖怪。）

苑繪是渚砂最好的朋友，是渚砂要親手保護的重要公主。

然而——今天的渚砂完全沒有保護苑繪。

自己眞沒用。好想痛毆自己一頓。

（光是這件事，今天就夠糟了。）

今天還發生了另一件最令她厭惡的事。

她時隔多年見到了父親。

或許該用瞥見來形容。

傍晚休息時間，渚砂離開書店辦事，回來時遠遠地在收銀台前望見眼熟的背影。

（爸爸——？）

她知道是父親，但下一秒又懷疑是別人，因爲那副背影十分消瘦，西裝鬆垮垮的，白髮也增加了，讓她幾乎以爲是別人。記憶中的父親會抽空上健身房，即便熬夜仍會出門晨跑，那壯碩的背影如今已不復在，手臂和腳也變得消瘦，老了許多。

最近——不，似乎也好幾年了，渚砂曾在書評雜誌的小角落瞥見父親，那張照片看來精神很好。但她當時並未特別留意照片，心中感嘆，那個叱吒風雲的夏野耕陽新書宣傳報導，版面好小啊。

年老的父親，是不是在尋找渚砂呢？或者不打算出聲，只想來偷偷看她？倘若如此，渚砂不想被父親看到自己現在的模樣，於是悄悄後退離開。

她匆促地走向倉庫，咬緊下唇。若不這麼做，她好像會哭出來。

「……心情這麼惡劣，要怎麼錄廣播節目呢？」

在莫希托雞尾酒的推波助瀾下，渚砂忍不住碎嘴。

與她面對面坐在咖啡吧的蓬野純也似乎耳朵很靈，擔心地瞥向她，停下手中裝著德國黑啤的長酒杯。

「不嫌棄的話，我可以當妳的垃圾桶。」

他用儼然就是好心人士的笑臉，向渚砂搭話。

那張笑臉酷似月原一整，讓她更生氣。渚砂本來就容易動怒，也有相當的自覺，平時不會在外面喝太多，這天晚上卻踩不住剎車。

回想起來，下意識點的莫希托雞尾酒也是從前父親的心頭好，渚砂覺得心情更差了。

「我的煩惱不是蓬野老師這種幸運兒能明白的。」

「呃，我算幸運兒嗎？」

「我現在想把莫希托潑在你身上。」

蓬野乾笑兩聲。

「我今晚穿著高級衣服，還請網開一面。因爲要跟三神小姐見面，我特地卯足了勁打扮呢。」

「你很習慣說這些話，對吧？」

「還算有自信。」

感覺被愚弄了，渚砂更加一肚子氣，咬碎冰塊。

（氣歸氣——）

這個人的笑容眞是溫柔、不見一絲陰霾啊。她想。同時希望對方別用那酷似月原一整的聲音和表情看她。加上背景播放的是懷舊爵士樂，害她無法分辨自己是高興還是難過。

記得一位出版社編輯說過，「蓬野老師很善解人意喔」。印象中在某次派對，大家聊起了他。那位編輯大學和蓬野純也學院相同，還是同一個社團（當時好像說是中世紀古典樂器研究會吧）的學弟，兩人一拍即合，聽說蓬野對這位學弟疼愛有加。

「話說回來，也不是光照顧我啦，他從前就對所有人都很好，非常懂得照顧人。」

編輯嘴邊浮現溫柔的笑意。

「我認爲，他很喜歡接觸人群。蓬野哥這個人啊，不喜歡看到別人受傷難過，所以會盡量提供幫助。這麼說很奇怪，不過，很像溫柔的大型牧羊犬。喏，就是從前阿爾卑斯山的雪地救難犬。」

「聖伯納犬嗎？」

渚砂想起在懷舊童話裡看過的大型犬。這種救難犬會英勇涉入暴風雪中，尋找失蹤的登山客。找到受困雪山、埋在雪裡的登山客後，牠們會大聲吠叫，用前肢扒開雪，以溫暖的舌頭舔受困者的臉，等他們醒來，餵他們喝用項圈戴在頸部的小酒桶裡裝的萊姆酒，藉以暖身。

「怎麼形容？彷彿大家的守護者，隨時準備好救難用的萊姆酒。他以前就是如此。」大概是這樣，他現在才能成功吧。編輯說。蓬野純也人緣很好，自己也用守候別人、關懷別人的方式回報善意。

「這種人還會不成功嗎？他熱愛自己的工作，人緣又好，沒有欲望和野心，持續書寫品質良好的作品，藉由各路好友的相挺博得人氣。」

眞是個奇特的人。渚砂想。

渚砂並不討厭接觸人群，但更重視身邊的小圈圈，無法理解博愛大眾的聖賢人士的處世法則。也可以說，因爲不了解才被吸引吧——卯佐美苑繪和月原一整也是這種類型。

（救難犬啊……）

這位編輯竟然這樣形容從前要好的學長，渚砂感到不可思議。

不過，蓬野的笑容的確很像大型犬。那場派對結束後，渚砂不小心在當天錄廣播節目時笑出來。

晚風拂過戶外的咖啡吧，風中摻雜了綠葉、花朵和海潮的味道，和莫希托非常搭。置身殘暑與濕氣，感受夏季尾巴的清涼，雖然教人心曠神怡，但隱隱帶著一抹寂寥。

「不知道是不是喝了酒的關係。」

「怎麼了？」

蓬野純也貼心地柔聲關切。

「好難過啊。」

渚砂思索，冰涼甜美的碳酸飲料，似乎不適合在夏日將盡的此時飲用。

會讓她想起兒時暑假喝過的蘇打汽水和薑汁汽水。讓她思念起再也回不去的暑假，不禁鼻酸。現在就算夏天到來，渚砂也無法像當時那樣歡笑了。

渚砂常喝莫希托，本身也不排斥酒精類飲料，加上那天晚上想來個不醉不歸，不記得自己究竟喝了多少。

忘了是在幾點左右，她乘著酒意用智慧型手機傳訊給一整。詳細內容她不記得了，只記得一整問了「自己這麼幸運，眞的可以嗎？」之類的蠢問題，所以她應該是回了類似

「運氣也是實力」的鼓勵吧。

（眞是個傻瓜。）

渚砂認爲受人喜愛、被人需要是一種天賦，這是她盼也盼不到的東西，而一整和苑繪不用花太多力氣就能擁有，這種時候還要自我懷疑，實在太蠢了。

（這些人啊，眞的都是大傻瓜。）

「——三神小姐。」

蓬野輕搖她的肩膀。

「要打烊了，我們該走了。」

回過神來，爵士樂關掉了，店內寂靜，旁邊座位的人都已走光，燈熄了好幾盞。

渚砂著急起身，這時——

「啊！」

放在腿上的資料夾掉落地面，白色紙張在昏暗中紛飛四散。

這些是今天錄音時用到的資料。渚砂將從前以星之松鴉的身分在網路上發表過的書評列印下來，作爲今日說書的參考資料。

這本書她很早以前便讀完，記憶已然模糊，爲了在廣播節目與蓬野聊書，她找出從前寫過的文章。這麼說有點老王賣瓜，但要迅速理解劇情脈絡和故事核心，看星之松鴉的精采整理，比重讀紙本書和其他網路文章更有效率。

「就這樣吧。」

她將自己寫過的東西做成資料，帶去廣播電台，放在手邊，邊看邊與蓬野對談。

這次會如此倉促，一方面也是聽說月原一整要來銀河堂之後心情浮躁，無法集中注意力抽空準備所致，只能臨機應變了。因爲心態消極，今天錄音非常驚險。

她蹲下來想撿飄散的紙，但不勝酒力，頭昏眼花。蓬野彎下腰，迅速替她撿好資料，再順手替她拿起包包，起身說：

「妳走得動嗎？」

他極其自然地伸出手。

渚砂瞬間猶豫，但此時不接受人家的好意只是給自己找麻煩，她乖乖握住那隻手，這才站起來。

（唉，眞希望這隻手是蝴蝶亭的。）

腦中不小心產生這種想法，她用鼻子嘆氣。

儘管自知不應該這麼想，但既然已經發生，後悔也沒用。

渚砂被那隻手親切地牽著，邁開腳步。沿著河畔步道走一會兒，會看到計程車乘車處，渚砂和蓬野說要搭計程車回家。從這裡走回家，就算慢慢走也頂多四十分鐘，平時渚砂可以輕鬆散步回去，但今晚過於吃力，還是搭計程車比較好。

明天上班一定很辛苦，幸好不是早班。她想快點回家就寢。

「我送妳到計程車站。」蓬野擔心地說。

渚砂已幾乎靠在他的肩膀上，對他說了聲謝謝，心裡很慶幸身邊有他陪伴。果然很像救難犬，世界上怎麼會有這種好人呢。

（我失常了……）

渚砂難得喝多了。

平時酒意很快退去，今天卻遲遲不消，連瞌睡蟲都跑來了，還有點反胃。渚砂自從學生時期參加聯誼，把便宜的酒水混在一起喝，喝到不舒服那次以來，就再也沒有喝到爛醉過了，這次恐怕逃不了。

「莫希托很好喝的說……」

自言自語之後，馬上開始想吐。

宜人的涼風停止了，四周瀰漫潮濕悶熱的空氣。

滴答滴答下起了雨，地面傳來土壤和灰塵的味道。不一會兒，雨從滴答滴答變成淅瀝淅瀝，雖不算傾盆大雨，但雨點毫不留情地打在身上，足以淋濕全身。

「糟透了……」

渚砂不小心嘀咕。

「不嫌棄的話，和我一起撐吧。」

蓬野迅速打開摺傘，讓她躲進去。傘的方向朝她伸，他自己有一半淋到雨。

這是護著女孩的撐法。渚砂感到困惑。

因爲，平時都是渚砂這麼做。

「氣象報告沒說今天會下雨啊。」

渚砂不記得會下雨。就算氣象有報，頂多百分之十的降雨機率，她沒帶傘出門。

「啊，我習慣在包包裡放把傘。」

蓬野似乎習以爲常，配合著渚砂的腳步向前走。

途中經過公園的時候，一名男子佇立在路燈下，懷中揣著淋濕的紙箱與不知從哪撿來的運動包包，窮途末路似地垂下脖子。看到他灰白的頭髮，渚砂不禁想到——

「爸爸。」

但那不可能是父親，她一定是喝醉了才會看到幻影。

走過男子身旁時，她回頭看了一眼，眞的認錯人了。

計程車站因爲猝不及防的雨而大排長龍，隊伍長到不知要等多久才會輪到自己。渚砂也覺得對陪她一起等的蓬野相當抱歉，但這時候，睡意和反胃感加遽，她快要不支倒地了。

（眞糟糕啊。）

蓬野察覺她蒼白的臉，問道：

「我家就在附近，要來嗎？稍微休息之後，再叫計程車。」

「呃，可是……」

她覺得相當不好意思。

這時蓬野噗哧一笑，壓低音量說：

「放心，我不會襲擊妳的。」

這句莫名其妙的台詞，令渚砂噴笑。

但就在這刹那之間，意想不到的強烈反胃感湧上來，渚砂站不住了。

她究竟在蓬野的攙扶下走了多久呢？置身雨中，加上想吐，使她感覺路途漫長，但實際上似乎比想像中更近。車站前的摩天大廈聳立在雨幕之中，看來如同西洋城堡，熠熠生輝。

他們坐電梯上樓，蓬野邀她進入家門——說時遲那時快，一團溫暖的金毛物體搖著尾巴撲上來。那是一隻黃金獵犬，非常親人，兩隻前腳搭在渚砂的肩膀，伸出舌頭拚命舔她的臉。好重。她不禁屁股著地。

「啊啊，對不起，這孩子最喜歡客人了。喂，不可以！」

蓬野從後方抱住大狗。

「沒關係，我喜歡狗。」

事出突然，使渚砂暫時忘了想吐。這隻親切高雅的狗兒，似乎和飼主有點像。原來狗會像飼主是眞的。渚砂忍不住笑出來。竟然這樣恥笑大好人。渚砂也想吐槽自己。

尚未點燈的房間裡，有一扇大大的窗戶，窗簾沒有闔上，可望見雨水打濕的夜景。美歸美，總覺得從高樓俯瞰的夜景帶著一抹寂寥。想到蓬野平時獨自望著這片夜景，渚砂心底一揪。

記得在派對上遇到的那位編輯說過，蓬野純也現在沒有女朋友。

「聽說都維持不久。」

「爲什麼呢？」

「嗯——沒有速配的對象吧？該怎麼說，太完美了？」

「不太像現實中的人？」編輯笑了笑。「感覺更像故事裡的王子，英俊、心地善良又溫柔，令人懷疑世界上怎麼會有這種人。」

早鎮夜景中的光穿過玻璃窗，照亮蓬野，那抱著金色大狗，擔心望著渚砂的表情，令渚砂想起兒時喜歡的繪本。那是苑繪最珍愛的繪本。在月亮另一側的地底冰世界，有個魔物居住的王國，那裡有一座城堡，住著一位喜歡人類的孤單魔法使王子。

（他有點像那個王子。）

沒錯，繪本裡的少年要是長大了，眼神大概就是這樣。

凝視渚砂的溫柔目光與眼底的寂寞，像極那部繪本裡的美少年王子。

苑繪以前和她說過，月原一整很像那個王子。說的時候害羞地低下頭。

當時，渚砂一方面覺得苑繪很可愛，同時思索：像嗎？因爲渚砂並不認爲一整特別像那個王子。要說的話，蓬野純也比較像。

由於當時年紀小，繪本的內容，渚砂早已記不清了。她不像苑繪那樣過目不忘。

但她認爲，王子很像蓬野純也。儘管拿繪本人物跟現實生活比較，不像她的作風。

渚砂突然懷念起那本繪本。然後，內心隱隱作痛。無人知曉——渚砂不曾與世上任何人說過的童年罪惡感重回心底。

（蓬野很像我小時候從書架偷走的繪本裡的王子。）

渚砂和蓬野純也一見如故，立刻成為好朋友，或許正是受到那本繪本的影響。童年的記憶，在反胃與睡意夾擊的昏沉腦海中慢慢甦醒。

（沒錯，我一直想當魔法使王子的朋友。）

當時，渚砂無意偷走苑繪的繪本。

只想稍微借一下。

苑繪將王子的繪本視為寶物小心翼翼地收藏，渚砂只在苑繪的房間裡借來讀過。苑繪的房間有植物和花朵裝飾，廣大又美麗，宛如公主的房間，還有多到讀不完的漂亮繪本和童書。

平時渚砂總是謹慎地翻閱那本繪本，因為那是她最要好的朋友最珍藏的繪本。但渚砂和苑繪一樣喜歡它。

那是小學五年級時發生的事了。沒錯，差不多和現在一樣是夏季尾巴。

如今回頭想想，當時可能有點鬼迷心竅。也許是看到苑繪的爸爸睽違多時回家，感到羨慕。苑繪有個漂亮的都會型媽媽，與抱著花束從國外回家的帥氣爸爸，從小接受雙親疼愛長大，宛如眾多美好故事裡的主角，令渚砂既羨慕又寂寞——心裡也許隱隱吃醋。於是，渚砂悄悄抱走繪本。她其實沒有惡意，只想稍微借來看。偶爾想靜靜一個人慢慢讀，讀到心滿意足爲止。

因爲，渚砂沒有像苑繪一樣的公主房間，也沒有那麼多書與書架。沒有用愛守護小孩，堅強又溫柔的父母。渚砂的父親拋棄了妻小，母親雖然愛她卻很柔弱，只能被迫堅強起來照顧她。再者，渚砂不像苑繪那麼可愛，既不會畫畫，也沒有特殊的力量，喜歡獨善其身，只關心自己。

渚砂不是公主。當不了故事主角，也沒有人小心呵護。

那麼至少讓她好好讀喜歡的繪本，不過分吧？她想。

那天，渚砂坐在公園的長凳，獨自讀著繪本。

這座公園位在植物園旁，宛如童話會出現的玫瑰園，躲在這裡讀繪本彷彿身歷其境。渚砂按照自己的步調慢慢讀了好幾遍，終於心滿意足。她想趁苑繪發現前悄悄放回去。

怎知突然下起雨。

她急忙抱起繪本跑回去，努力不讓繪本被雨淋到，結果還是泡湯了。來到苑繪家附近，渚砂停止奔跑。她將淋濕到翻不開的繪本揣在懷中，悄悄扔進河川。

繪本沉入下雨混濁的河水下，連同渚砂的罪孽一同帶走。

渚砂知道苑繪後來一直在找繪本，找了很久都沒有放棄。

然而，渚砂未曾將繪本遺失的經過告訴她。比起害怕承認自己的過錯，她更怕苑繪會因此受傷。她知道苑繪把她當成最重要的朋友。她若知道自己世界上唯一的摯友，偷走了重要的寶物，丟進河川——

若能說出眞相好好道歉，渚砂的心情應該會輕鬆許多。被苑繪罵一罵、哭著責怪，想必能減輕罪惡感。

可是，她不想爲了減輕自己的罪惡感而道歉。

小小的渚砂決定一輩子背負這份罪惡。反正她的心地不如苑繪單純善良，也不是被愛呵護的小孩。既然這樣，不如多背負一條醜陋的罪狀。

她想用這種方式守護苑繪。

想永遠守在苑繪身旁，如同故事裡的英雄或騎士，保護公主。

她認爲這樣就能贖罪，想保守這個祕密一輩子。

渚砂跟蓬野借了浴巾。

清理完被雨水和嘔吐物弄髒的臉和身體，渚砂啜飲著蓬野遞給她的溫開水，兩人一同欣賞夜景。

這時，蓬野忽然問：

「請問……三神小姐，妳是『星之松鴉』嗎？」

他拿起那疊資料問。

「我很喜歡看他的部落格，固定追蹤文章。我之前就發現三神小姐解讀書本的方式和他很像，實際和妳一起錄了幾次廣播、通過信之後，還是覺得好像啊。」

「很像嗎？」

渚砂雖然訝異，但不知不覺換上笑臉。她發現自己變得很輕鬆。

「像。」

蓬野純也是優秀的作家兼評論家，被他看穿莫可奈何。想必他觀察了很久，不輕易戳破。只要渚砂不承認，聰明體貼的蓬野一定也會配合到底。

渚砂凝視著煙雨迷濛的街景，點點頭。

「對，我就是星之松鴉。」

兩人有一搭沒一搭地聊著，不知不覺，渚砂慢慢將自己暗戀一整，隱瞞身分撮合他跟苑繪的祕密說了出口，爲什麼呢？

渚砂鮮少向人敞開心房，這相當反常。

可能和醉意有關，也許受到這場在寂靜的深夜淅瀝淅瀝下著的雨影響。

或者因爲——蓬野純也很像兒時偷走的繪本裡的王子。

蓬野溫柔地笑了笑，說了一句話：

「好像《人魚公主》。」

「咦？誰？」

「三神小姐妳啊。明明比任何人都像公主，卻都不說。」

「你啊，說這種話都不會臉紅嗎？」

蓬野笑咪咪地說：

「所有女孩都是公主啊。」

「拜託你別說了，我丟臉到想找地洞鑽。」

渚砂邊笑邊抱住不知何時來到身旁的大型犬。

雖然很害羞，她更訝異這個人老大不小了還說這種蠢話；此外，有一點點高興。

（《人魚公主》嗎……）

經他一說，渚砂想起，自己或許眞的將心情帶入安徒生童話了。

戀愛肯定會使人陷入童話般的心情，連渚砂也不例外。

蓬野忽然正色道：「三神小姐，妳還是老實告訴一整比較好，和他說自己是『星之松鴉』，妳喜歡他。」

「不要。」

渚砂用力搖搖頭。

「我死也不會擋人家情路，太難看了。」

「我說，三神小姐。」

蓬野用哄小孩的語氣說下去：

「一整的心情呢？」

「心情？」

「我這些話可能不中聽，但他不是書中角色，是有血有肉的人啊。他應該在知情的情況下，從妳和卯佐美小姐之間做出選擇，或是都不選。決定的人不在妳，是他。」

經他一說，渚砂才恍然大悟。

是嗎，似乎是這樣。渚砂低下頭，搔了搔頭說：

「——我會重新想想，給我一些時間。」

回答之餘，她也有點惱怒。隨著醉意和反胃感退去，渚砂不服輸的性格又回來了。

「你自己呢？怎麼不跟月原和好？」

「咦！」

蓬野受到突襲，頓時一愣。「請問，妳從哪裡接到這個話題的？」

「忽然想到。」

「眞沒邏輯。」

蓬野看似寂寞地笑了。

「我和他並沒有吵架，說要和好並不正確——我想，我應該是覺得他討厭我了，所以漸行漸遠吧。」

「他討厭你嗎？」

渚砂抱著狗兒的脖子湊上去，看著蓬野的臉質問。

「但我覺得月原也想和你恢復兒時情誼呢。因爲你們本來不是感情要好的表兄弟嗎？以前情同手足，現在都不說話，這樣不是很寂寞嗎？」

蓬野微微低下頭。

「我現在仍把他當成親弟弟。他是値得尊敬的優秀書店店員，也是我驕傲的弟弟。」

「那你更應該把這份心情說出來。我們是人，不是人魚，必須用話語表達心意。」

光用想的，心意無法相通。

不說出來，就等於不存在。

就像王子始終不明白人魚公主的思慕。

窗外逐漸明亮。

他們似乎在不知不覺間迎來破曉。

天空彷彿掀開了薄紗，雨雲漸散，朝陽從雲朵縫隙間射下光芒。陽光從天而降，反射出金銀色彩，宛如人魚公主的靈魂升上天空，接受滿滿的祝福。

幕間3 Let it be

音樂咖啡廳風貓的老闆藤森章太郎，在黃昏時分的店內獨自彈奏吉他。

本來店裡客人就不多，尤其傍晚時段，連觀光旺季都少有顧客上門。這時候，他會穿著中意的圍裙，在沙發坐下，把學生時期彈到現在的吉他放在腿上。

琥珀色的光照進窗內，爬滿紅磚小店的藤蔓剪影倒映在地面，葉片在微風中搖曳，山中野鳥趁著歸巢前慵懶高歌，蟬鳴在背景合聲。那聽來格外低迴哀戚的叫聲，難道是預感到夏末壽命將近嗎——？

（四季不斷更迭。）

（不會永恆不變。）

他邊耽溺於思緒中，邊尋找喜歡的曲子樂譜，撥彈幾曲。

（我遲早也會回歸塵土。）

藤森明白，這並非全然是悲傷。古今中外所有人類和無名的生命，最終都會抵達這條路，自己也沒有例外。靈魂最後走過的旅程，想必如歸鄉般平靜、令人懷念。

（不過，剛開始肯定無法平靜以對。）

尤其藤森因爲父母早逝，早年吃不少苦，不得不比一般人更常思考生命的意義。

他飽覽群書，探索過去人們的思維，經過咀嚼，化作自己的資產。在藤森的青春時代，獲得知識的唯一管道就是看書，他因此常跑書店、圖書館和二手書店，吸收數不盡的文字和所有他能找到的詞彙。

儘管目前仍在持續摸索、尋找答案，然而這條追求學問的路，促使他走向持續探索知識和思想的職業——編輯這一行。他經手製作許多優秀的讀物，認爲這是透過作者的思維，藉以探索世界、尋找生命意義的一種嘗試。

恐怕在他此生，只能不斷探索。想用短短一回的人生，解讀出生命和廣大世界的意義，本來就不可能；但終有一天，他做的書會成爲遺留後世的線索，讓未來的人能夠承先啓後，持續追尋同樣的課題。

只要人們繼續存續於這片土地上，他的靈魂就不會消失。如同當初他承襲過去人們的思考和思維，持續在心中熟成一般。

（沒錯，我以自己的工作爲榮。）

藤森持續彈奏吉他。

他不後悔從事這一行。留下的書，本本都是精良之作，值得流傳後世，他引以自豪。

然而，他已從編輯台退下。

（我並不是厭惡這份工作了。）

只是想休息一下。

想稍稍逃離每日新書如巨浪般襲來的日常，保持距離，讓頭腦靜一靜。

（到底是從何時起出了差錯？）

現在日本一天有數百冊、一個月有數千冊新書上市——等於一年有上萬冊新書出版，書店的書明顯供過於求。大部分新書上架後不會賣出，直接退回倉庫，等著被銷毀。有些書甚至不曾拆箱，原封不動地從書店退回。本來應該流傳後世的好書，時常未能引發話題、沒機會見到讀者就消失了。

成爲悲劇的不只是書，每天都有販賣書籍的書店關門大吉。現在的日本，已無法像從前那樣養活許多書店，也沒有那麼多讀者了。

藤森用心編輯的書，多數不再流通，從書店的架上和平台退回，消失在時間的洪流。有些書枯等再刷修正錯字，但往往連初刷都沒賣完就宣告結束。對於那些揮灑生命寫書的作者，也因遲遲盼不到再刷而心懷愧疚，只能無能爲力地宣判書籍死期。

（我常常覺得自己做了無法挽回的事。）

好的東西，全消失在時間的彼端。

書店也是。

那些他誠心喜愛，視作同行戰友的全國書店。

他曾出自興趣，親自採訪、執筆、編輯這些書店故事，替那些優秀、熱血、饒富興味的書店留下多本紀錄，用真誠的心情出版推廣。然而，其中介紹過的多家書店，還有其他許許多多優質的書店，仍難逃相繼歇業的命運，如同齒輪缺了角，失去運作。

（這家店和那家店，如今都不在了。）

藤森編輯的書頁，有好多頁成了墓誌銘。開心布置手寫POP立牌的書架照片，以及那些書櫃整齊漂亮的書店照片，全部成爲了過去的紀錄。

（我並不是爲了紀念才去採訪的啊。）

他察覺自己無能爲力。重視的東西全慢慢消失，被時代洪流帶走，哪怕想阻止，也沒有力量讓它停下來。

用一句「時代變了，沒辦法啊」來總結是很輕鬆，但只要想起採訪當日笑容滿面的店員，以及暢談書店之愛的常客，藤森就無法一語帶過。隨著書店一間間地消失，有多少人爲此感到遺憾呢。

藤森本身也在書店歇業當日打過幾次招呼，每一間店的從業人員和顧客，無不淚眼告別，他無法忘記紅著眼站在收銀台前的店員，以及到了歇業時間仍依依不捨，守著不肯離去的常客。

站在即將放下的鐵捲門前作最後道別的店員，以及反覆道謝、拍手目送的顧客。

（每一間店，都曾是了不起的書店啊。）

每一家書店，各自付出苦工和熱情，在不同的土地為生存而戰，跨越了數十年又數十年。在漫長的歲月下存續於小鎮裡，深受鎮上居民喜愛，為了延續燈火而努力賣書。一旦了解箇中辛苦，豈能用一句「沒辦法」來帶過？

每每遇到書店公告歇業，見證一家書店的落幕，他都心如刀割。

（我們到底迎來了怎樣的時代。）

撥弦的手指停了下來，藤森嘆氣。

他將吉他放在沙發，眼神對上展示櫃裡年代久遠的特攝英雄模型，揚起笑容。

他也作過英雄夢。

藤森從小就嚮往正義的一方。

來自遙遠的宇宙，持續和怪獸及邪惡的外星人奮戰，守護地球和平的正義使者。這些正義的勇士平時偽裝成普通人，住在這個星球。每當生命、和平、愛和友情等值得守護的事物遭到惡勢力破壞，這些英雄就會挺身而戰，用大大的手保護大家。

（如果能用這雙手，打倒一切邪惡，該有多好。真希望自己擁有那種力量。）

當那些危害所愛事物的威脅現身之際，他就能挺身而戰、摧毀敵人，讓大家過得幸福。如此一來，那些好書就不用消失，得以送到需要它的讀者手中。長年受到居民喜愛的小鎮書店也能繼續營業，那些愛書人和書店支持者可以前往喜愛的書店持續購書——直到永遠。

（如果辦得到就好了。）

然而，現實中並不存在需要打倒的絕對之惡。即使想要改善環節缺失，世界上也不存在一夕之間扭轉乾坤的魔法力量。

藤森已竭盡所能，試圖將現況引導至更好的方向，結果仍無力回天。他用盡全力戰鬥，累壞了。既然什麼也做不到，只能眼睜睜地看著鍾愛的事物走向毀滅一途，不如辭職歸去。於是，他放棄一切，轉身而去。

因爲，他已累到只能選擇離開。

「可是，可是啊——」

藤森微笑。

他凝視隨興放在桌上，讀到一半的文庫本。這本書他已反覆閱讀無數次。

窗邊的桌上，擺著一本封面有貓咪和花瓶插畫的《四月的魚》。

這是昭和時代締造多部收視佳績的前編劇，全新撰寫的故事。

內容描述一名注定孤單早逝的女子，綻放的生命光輝——如同沉下地平線的落日散發的耀眼光芒，給予滿滿祝福的最後幾日。

聽說這本書原先可能默默無聞地消失在書市，卻被一位年輕的店員找出來，推薦給他所任職的老字號書店夥伴，以及某知名女演員。

那家書店雖然是老牌書店，規模並不龐大。但因爲他們用心擺了特陳，將書籍名聲推廣出去，最後這本書得以在全國書店大賣，現在持續長銷。

網路的力量也是暢銷的功臣之一。一本小書的情報，透過許多人的手與文字傳播到各地角落，成爲人們共通的話題。網路話題最後反攻了電視和報紙等舊媒體，使書籍獲得更高的評價，造成熱賣。

眞諷刺啊。藤森暗忖。網路普及之後，網路書店成爲主流，結果對實體書店和小鎭書店造成嚴重衝擊；但是，網路也成爲散播情報和感動的高速公路，促成書籍暢銷。

「也有這種幸福的奇蹟啊。」

初次聽聞這則佳話時，他有點羨慕。眞希望自己編輯的許多書，也能這麼幸運。

然而，基於好奇心而買下的《四月的魚》，眞的是一本很棒的書，具有深度寓意和機智對話，書中充滿對生命的眞摯話語，以及令人會心一笑的可愛小篇章。

藤森對作者當年編劇過的連續劇名稱有印象，但沒有實際看過。他現在恨不得立刻見這位作者，替他出書，心裡已許久不曾如此焦急。

（我已經不是編輯了。）

（我下定決心不再編書了。）

但如果還能編書……這個想法在他沖咖啡、與客人聊天的空檔，悄悄鑽入心底。

（不在出版社工作，也能編書。）

他可以自行編輯企畫，現在也有許多方式少量印書發行，獨立出版上市。

（只要做成書——）

（上市之後——）

也許某處會有像月原一整那樣的年輕書店店員，把書找出來。只要藤森不放棄，繼續用心做出好書，這些人說不定會替他把書送到讀者手上。經由這種方式——如同眾多名著，成爲跨越時代，在全世界與眾人相遇的經典。

只要藤森不放棄。

不轉身背對希望。

藤森嘴角浮現笑意，重新拿起吉他，彈奏的曲子是披頭四的〈Let it be〉。

這首歌唱的是「順其自然」，像在靜靜對人說話，當中卻隱藏熱情。內容教人肯定現況與現在的自己，隨它去。即便日子苦也不用傷心，自然地接受它、任其過去。如果有緣，總會再次相遇。約莫是這樣的歌。

（倘若希望比放棄更簡單，作作夢又何妨呢？）

他想用這雙手再做一次書。

留在世界上。交到讀者手中。

（要我選擇放棄、無視那些可能，心情上一點也不輕鬆。）

這樣的日子，就像強迫自己縮起手腳、閉上眼睛，塞進小箱子裡。

他只是逼自己相信——來到優美的小鎮開間時髦小店，用高音質的音響播放自己喜歡的曲子，磨著高級咖啡豆，用心煮咖啡，倒進經年累月蒐集的漂亮茶具，和合得來的客人一起談吉他歡笑，是最幸福的生活方式。

「我過得很愉快，但這不是最幸福的生活。」

藤森輕輕聳肩——放棄夢想過著隱居生活，對他來說是否太早了點？

他想起向妻子坦承想退休時，妻子以半帶擔憂的溫柔眼神笑了笑。

「現在隱居太早了吧？你不做書了嗎？像你這樣的編輯能輕易改變嗎？」

沒錯。藤森笑了。不愧是糟糠之妻和編輯同行，都被她看穿了。

要他轉身背對那個愛過的世界，還嫌太早。他太愛書與書籍產業，還有自己的工作了。

Let it be。

順其自然。

想作夢就繼續作夢吧。

既然那是順其自然。

既然靈魂尚未放棄希望。

「——櫻風堂書店肯讓我幫忙嗎？」

他忍不住產生這個幼稚的想法，而且最近想到好幾次。打工也好，掃掃地、拆箱送貨。可以的話，讓他摸摸書就好。如果只是這些小事，沒有書店工作經驗的他，應該也能勝任。

「那家店看起來人手不足啊。」

他在出版社工作的時候，參觀過許多書店，也以作家身分實際採訪過店員，調查過現況。雖然全是外行人觀點，但他認為自己大致了解書店環境。

「好想去那家書店幫忙啊。」

藤森在搬來這裡住之前就是櫻風堂書店的常客，和老闆有交情，也尊敬彼此。

因此，當他今年春天得知老闆生病，書店可能關門的消息時，悄悄想過要接手這家店，覺得自己必須下定決心了。

他不忍心看著深受居民喜愛的老書店，從這座美妙的山間小鎮消失。

想到這家美麗的書店即將和至今關門的書店一樣，走上歇業的命運，他就難過不已。但他說不出口。他至今不曾在書店工作，更不曾經營過任何販售店鋪，這個事實讓他必須謹慎評估。換句話說，他只是一個外行人，隨便自告奮勇真的好嗎？雖然這麼做是出自善意，但會不會不慎輕視了櫻風堂書店和書店老闆的心意，傷害了他們呢？藤森還有這些顧慮。

就在他猶豫不決，只能緊張守候書店時，救世主月原一整現身了。

一位氣質安靜的青年，帶著一隻鸚鵡翩然而至，保護藤森鍾愛的書店，決心繼承它。宛如守護天使，徹底守護書與書店。

「我什麼都肯做，他願意雇我當計時人員嗎？」

自己這把年紀的大叔，書店恐怕會拒收吧。

藤森邊苦笑邊彈奏吉他。Let it be、Let it be——

窗外的天空不知何時換上夜幕，想必今天美麗的小鎮上空也是星光璀璨。

幕間4
神之手

那天晚上，文具店打烊後，澤本毬乃在店面二樓的工坊使用紡車。

今天，她要盡情製作軟綿綿的毛線球。

胖胖的貓咪小花走上樓梯，高高翹起尾巴，從沒關的門進入房內，直直跳上書櫃，鑽進上方牠喜愛的貓籠，居高臨下地俯視旋轉的紡車與毬乃移動的手指。

「小花眞喜歡紡車呢。」

不知是喜歡盯著機器轉來轉去，還是喜歡看著線跑出來，每當毬乃製作毛線球，貓咪小花總會不知從哪兒跑來看她工作。

這隻貓本來是姨婆的家人，現在已和毬乃成爲好朋友。

「祈禱今天能做出漂亮的毛線，你要從櫃子上面守護我喔。」

小花似乎懂人話，瞇細眼睛，像在回答「好」。

從棉織成線，毬乃已有很豐富的經驗，因此能邊想事情邊用紡車。

每當這種時候，她都忍不住想起住在二樓的妹妹。從很久很久以前，毬乃還是小朋友的時候，便時常操心這個妹妹。

毬乃是公認的好女兒，自幼聰明賢慧，反應靈敏，視野寬廣，恐怕字也學得快，印象中在小小年紀就能閱讀了。等她再大一點，成了一個身體健康、運動神經好，去哪兒都能獨立自主的女孩。毬乃喜歡這樣的自己。

相對的，與她年齡差距大的妹妹來未長得嬌小瘦弱，弱不禁風，比較晚才學會說話走路；坦白說，腦筋算不上靈活。但她會好好思考每一個字詞的意義，是個與眾不同的女孩。來未不擅長跑步，總是努力追趕其他人的腳步度過童年。然而，遇到跑的比自己慢或跌倒的孩子，她願意停下來等，或伸出手扶起對方——毬乃喜歡也尊敬這樣的妹妹。

來未是她的寶貝妹妹。毬乃從小盼著手足一起長大，盼了許多年，好不容易等到這個可愛的妹妹。來未也很親近毬乃，像隻小小的花嘴鴨，跟在她的身後。

來未抵抗力不好，舉凡鄰居家有人感冒或流感季節，她會以最快的速度被傳染，病倒在床。因爲是個柔弱的孩子，父母特別小心照顧她，比起不需要費心的姊姊，毬乃覺得父母更溺愛來未。但來未也是個放不開、自卑感強烈的小孩（旁人和親戚總是喜歡比較兩姊妹，又小又弱的來未比不過厲害的姊姊，無奈成爲陪襯，毬乃認爲這是造成自卑的主因），因此，她並不確定妹妹能否如實感受到家人的關懷。

來未腦袋不差，但就是不擅長讀字，從小特別愛看漫畫和繪本。她對色彩很敏銳，擅長畫畫塗鴉，可以輕鬆描摹出動畫人物。但老實說，她不是天才類型，手不特別靈巧，美術成績也不算好，只是很喜歡畫畫，一有時間就會攤開本子畫呀畫，漸漸地越畫越好。

因此，當來未說想當漫畫家時，毬乃覺得這是很棒的夢想，感覺很適合妹妹。她想全力支援妹妹，想不到——

毬乃轉著紡車，一面嘆氣。

（想不到出版社主動接洽之後，讓她一蹶不振。）

她慢慢詢問來未和責編之間發生了什麼事。身爲家人，她百分之百站在來未這邊，但她猜想，應該是妹妹和那位編輯個性不合。

（希望以後能遇到合得來的編輯。）

毬乃向來喜愛來未的漫畫，當然非常愛看《半人馬少女與紅茶》。她覺得這位半人馬少女，應該是以自己爲靈感畫出來的。雖然沒說出口，但她感同身受，想替妹妹加油打氣。

（眞想替她做點什麼呀。）

她從小陪伴著來未長大，不知不覺兩人卻分開了。來未開始自己住的時候，她心想妹妹也是大學生了，應該不成問題。

「是我想太少了。」

毬乃停止旋轉紡車，咬住乾燥的大拇指。她萬萬沒料到會冒出一個性格惡劣的編輯，欺負心愛的妹妹。

妹妹竟然患了心病，累到走不出房間。

毬乃有許多朋友，其中也有職業插畫家。最近，她拿了幾張來未的畫請他幫忙看。

「有屬於努力型的才華呢。」

對方這麼說。

「妳的妹妹具備辨別好壞的眼光，對於畫畫和漫畫的熱情赤裸裸地傳達過來。我想，她應該知道配色和構圖怎麼畫會更完美，但她是不是比較笨拙呢？感覺手跟不上腦裡的構思呢。不過，這樣的人只要不放棄，繼續畫下去，遲早會開花結果。她的畫不凌亂，畫功非常仔細，只要花時間，一點一點慢慢畫，一定能有一番成果喔。」

「而且，我喜歡她的畫。」他說。「她應該相當善良吧？那種一心想著『與其傷害別人，不如傷害自己』的人。這種人畫出來的圖和漫畫也會很善良。應該說，靈魂的美，是會滲透進畫裡的吧？不是有句話叫『文如其人』嗎？畫畫也一樣，可以看出人品。這是無法說謊的。心存惡意的人所畫的東西是藏不住惡的，無法假裝成善人。妳妹妹的圖和漫畫擁有獨一無二，溫柔又漂亮的世界觀，只有她才畫得出來。但也因爲她很善良，個性上無法推開別人往前進，畫畫也是，所以會走得比較辛苦。」

這位插畫家朋友認爲來未一定沒問題，請姊姊相信她並好好守護她。

「這種人總有一天會鴻運降臨。雖然第一個遇到的責任編輯就是那樣，但總有一天會遇到看出她的才華，引領她成長的貴人喔。接下來運氣會慢慢變好，往好的方向走。身處藝術領域，我非常了解，神一定在看著我們。」

「希望如此……」

等神明大人發現來未的困難，伸出援手，還需要多久時間呢？毬乃忍不住思考。像那樣一直關在房間裡，會不會死掉呢？她不肯吃東西，也沒怎麼喝水，簡直像慢性自殺。

「原來當漫畫家，對她來說是這麼重要的夢想啊。」

她聽來未說過，想讓小學附近的小書店——麻雀書店的老奶奶開心。

麻雀書店也是毬乃充滿回憶的書店。如同來未在那裡邂逅了漫畫，毬乃也在那裡邂逅了小說。

（書店老奶奶的確年紀大了。）

毬乃上次睽違多時去書店偷看，老奶奶的確更老了，但令她擔憂的是——

（現在每間書店，看起來都經營得很辛苦。）

幸好麻雀書店不是租來的店面，印象中土地和房子都是私人財產，不用擔心店租問題。毬乃慢慢解開記憶的毛線，想起很久以前聽人說過這件事。某方面來說，這是一家可以閒適經營的小店。

毬乃盤起胳臂。無論報紙、電視或網路新聞，現在看到關於書店及出版業的相關報導，幾乎都是壞消息。日本國家景氣尚未復原，尤其庶民階層；但主要問題在於大眾不像從前那樣看書了。此外，昭和時代開業的書店老闆皆已老邁，想交棒給下一代卻後繼無人，因為這些原因而消失的書店也為數不少。

（就這點而言，櫻風堂書店算是幸運了。）

毬乃想起鎮上的古老小書店。她本來就喜歡看書，打從知道這家書店的那一天起就大力支持，固定前往購書。

因此，得知年邁的書店老闆倒下時，她十分焦急。幸好月原一整突然出現，解決倒店危機，還決定要繼承書店。得知這個好消息時，毬乃打從心底鬆了一口氣。

想不到，春天推特上吵得沸沸揚揚的偷書少年案，其中受到波及的店員就是他，毬乃更感慨，真是太好了。那個無情的事件，甚至讓喜愛書與書店的網友義憤填膺地衝來這裡買書。

（如果真有神明——）

毬乃輕輕抬起頭。

這是那位善良的店員應得的回報，也是老店主和他可愛的小學孫子的喜事。櫻風堂書店的經營狀況越來越好，應該沒有倒店之虞，順順利利經營。

「不過，就算沒有神明——」她點點頭，握住雙拳。「人類也會自己想辦法。」

免於倒店命運的老書店，以及被流放、最終抵達需要自己來守護的書店的店員——要是神明無法幫忙，應該由人類——他們這些想保護書店的客人挺身而出。

「雖然幫不了什麼大忙。」

畢竟不是阿拉伯石油大亨，不可能一下子就把所有書都包下來，但她可以維持買書的習慣。

以前，她聽做書店的朋友說過。

即便是營業額不佳、無法取得新書配量的中小型書店，只要顧客願意盡早預購，他們就能提前下訂，在發售日當天順利進到想要的書。客訂的力量，就是如此強大。換句話說，倘若自己喜歡的書店或附近書店，感覺不會進你想看的新書，只要提前向書店訂書就沒問題。

與其放棄訂書，改在網路書店下單或是跑去大型書店找書，在自己喜歡的書店買書還是比較方便，心情上也比較開心。書店增加了營收，有了實際銷售成果，下次和那本新書相關的書，可能就會正常進貨。

「以後新書我都要去櫻風堂買。」

今後也要繼續買！毬乃點點頭。

希望能藉此盡一份力。她很喜歡書店，不希望書店從身旁消失，只是這樣而已。

（說來，也是我自私的心願。）

沒有耍帥的意思，也不是自以為正義，只是希望家附近的書店不會倒光。每次聽說某某書店已經收起來，她的胸口深處就會隱隱作痛，不禁鼻酸。與其因為太晚才想到可以盡一份力而後悔，不如趁書店還在的時候先買一本。

毬乃明白，人們對於書店與顧客間的關係，各自抱持不同的想法。實際上，這些意見時常相左，鄰里間也曾為此起口角。

櫻野鎮住了許多像毬乃這樣的自由工作者，也有許多人從都市搬遷而至。從歷史上來看，這座小鎮對「不符合規定」的人和旅人特別友善，住起來很舒服。

商店街的郊外，有一座號稱觀光飯店的古典小旅館，那裡的大廳（提供飲料和輕食，晚上可點酒精類飲料），成為了毬乃這些移居者聚會閒聊的地方。

櫻野鎮是被遺忘的觀光地，旅館大廳總有空位，即使現在是暑期觀光旺季也不例外。旅館人員認為總比沒人好，笑臉看著他們聊天。居住已久的在地人看到鎮上來了這些年輕人，開開心心地說話，似乎也很高興。

一次不知聊到什麼，話題變成「買書要去實體書店買，不要去網路書店買」。

毬乃認為，這是再自然不過的行為，因此她下意識點頭說「就是說啊」，怎知一個打扮乾乾淨淨的年輕遊戲開發員跳出來說：

「才不要，麻煩死了。」

櫻野鎮有一塊土地角落租給企業做員工宿舍，許多大型遊戲公司的相關人員住在那裡，他是其中一人。

聽說這位年輕人厭惡人際關係，討厭都市的紛擾，搬來這裡住是因爲這樣就不用與其他人打交道。但每當大夥兒聚在一起聊天，他都會若無其事地加入，應該不是眞的厭惡人群。有人說，也許他很怕寂寞。

「上網訂，發售日當天書就會到；去實體書店訂書，還要跟店員說話，光想就累，很浪費時間。在網路下單或買電子書，用工作的電腦或智慧型手機按一按就好了。再說，整個世界都在改變，在這個過程裡，產業轉型、書店倒閉或減少是必然的吧？因爲不符合時代趨勢啊。去小書店買書，要什麼沒什麼，小鎮裡眞的還有書店存在的必要嗎？」

「是這樣嗎？」

毬乃感到一股怒氣上來。

「鎮上少了書店，小朋友就沒辦法拿著零用錢，開開心心挑本書帶回家了，也沒有地方認識那些書了，不是嗎？」

「學校有圖書館啊。如果有哪本書特別想看，請父母在網路上買不就好了？」

「不是這個問題，在自家附近就能接觸到書香的環境很重要，最好是小朋友自己走路或騎腳踏車就能到的距離，不是買給他們就好這麼簡單。用網路書店買，常常只會買特定想要的書，不是嗎？只有實體書店，才能讓孩子遇見更多本來不知道的書啊。」

因爲毬乃自己是這樣的小孩，理所當然這麼想。她喜歡抓著零用錢，挑本陌生的書買回家的感覺；想和完全不知道的書不期而遇，把書本拿起來摸一摸，捧在掌中翻閱，確定想買後抱去收銀台結帳；喜歡把這些書帶回家慢慢讀，擺在自己的書架上。

從小到大，每當毬乃在路上遇到陌生書店，心情都會爲之雀躍。

總覺得，門後有自己不知道但可能會喜歡的書，在呼喚自己。

推開門，朝店內踏出一步，書的氣味迎面撲來，包圍全身，那是一種無法言喻的幸福感受，毬乃相當喜歡。

「不過，只有少數限定的人才懂吧。很多人不看書、不去書店也沒差。」

當時雖然覺得彼此雞同鴨講，回頭想想，毬乃可以理解。

這應該是無法改變的事實。同樣地，那位遊戲開發員一定也有自己喜歡的場所，是毬乃無法產生興趣的。無關好壞，人就是這麼一回事。

「喜歡書，不等於喜歡書店吧。仔細想想，要愛上書店，可能需要先擁有某些美好的回憶或特殊的感情，才會產生執著心？簡單來說，除非本身渴望著書店、認爲書店是必要的場所，否則，一般人很難對書店減少這件事產生危機意識……」

毬乃在紡車前自言自語，這時傳來「喀嚓」的開門聲。

工坊的門沒關，打開的是對側房間的門，只見來未站在門前，佇立在夜間的走廊。

毬乃輕喚她的名字，她只說了「我去一趟」。

「去哪？」

「啊，附近的書店。」

「櫻風堂嗎？」

「嗯。」

她面帶笑容，看起來卻很緊張。

毬乃好久沒看見妹妹穿睡衣以外的衣服了。

「路上小心。」

「我走了。」

來未慢慢走下樓梯，腳步聲漸行漸遠。

毬乃以祈福的心情，聆聽腳步聲遠去。傳來玄關門打開又關上的聲音。

一起聽著腳步聲的貓咪小花，在書櫃上方的籠子裡轉動大大的耳朵，聽著聲音傳來的方向，回頭看毬乃。

毬乃和小花對看，笑著說「她出去了」。

她重新握住紡車，開始織線。

不知和自己一樣喜歡書店的妹妹，看到那間迷人的書店之後，會有什麼反應呢？毬乃現在願意相信，那會是好的方向。

（如果眞有神明。）

戶外天色完全變黑。

很像來未初次抵達小鎮的夜晚。

不同的是，身體變得相當沉重。

這就叫肌肉萎縮吧。來未心想。踏出每一個步伐都很吃力，腳好像快要抽筋。也許是她忘記走路的方法了。

她猜自己走路的樣子一定很滑稽，幸好溫柔的黑夜守護了她，四周一片漆黑，不管自己看起來多麼落魄，走路方式多麼好笑，都不用擔心被人看見。說來，路上根本沒人與她擦身而過。

今夜吹著舒適的夏季涼風，清涼的瀑布聲和蛙鳴聲不知從何方傳來。大概是秋日將近，青蛙的叫聲變小了，蟲鳴聲更加熱鬧——秋天，秋天來了。總覺得那些聲音這樣說著，來未不禁感到淒涼。

夏日結束時，總是難掩淒涼。大概是蟬會消失，令人聯想到生命的終結。儘管在這夜闌人靜的時刻感覺不出差異，但很快地，在晴朗的白天高歌的蟬會銷聲匿跡。連在都市都會看到死掉的蟬，在這裡，想必蟬的亡骸會掉滿地吧。來未思忖。

雖然天黑了，但時間還不晚，商店街亮著燈，尚未打烊的商家燈光照亮道路。

來未在黑暗中緩步前進，對明亮的世界產生既害怕又眷戀的奇妙感受。雖然想去光明之處，卻又怕怕的，不如一直躲在黑夜裡，這樣比較適合自己。

書店在橋的另一頭，發出格外明亮的光芒。

來未朝著光的方向一步步前進。「櫻風堂書店」的木頭招牌被光照亮，清晰浮現。

大片玻璃拉門後方，可見排放大量書籍的書架。

確認書店的方向後，來未蹣跚過橋，腳步逐漸加快。

她跑了起來。

一心只想朝書店的光源前進。

玻璃拉門後面，會有什麼樣的漫畫？

有沒有她最喜歡的漫畫，和等著相遇的好漫畫呢？

來未身體向前傾，不時絆到腳險些摔倒，氣喘吁吁地站在門前，茫然沐浴在書店發出的光亮中。

（啊，這下該怎麼辦？）

她想走進光裡。想歸想，卻難以踏出那一步。

手無法推開懷舊設計的美麗拉門。

就在此時——

「晚安。」

耳邊傳來宏亮的聲音，一位穿牛仔褲加圍裙的男子走到門前。

咖啡的香味隨風飄來。來未猜想，男人的年紀相當於爸爸，溫文的氣質也有幾分神似。男人微微一笑，問道：

「小姐，怎麼了？要不要一起進來？」

來未低下頭。男人伸手推開櫻風堂書店的大門。柔和的晚風捎來書本的氣味，歡迎來未造訪。她抬起視線，朝著光芒踏出去，一步一步小心翼翼地走進店裡。

涼風穿透紗窗，從內側的窗戶吹進來。

天花板的燈帶著懷舊風情，照亮木頭地板。

來未心想，好漂亮的書店，書架一律整齊排放著書本，相當美麗。書排得密實整齊，卻也貼心地保有一絲空間，方便顧客抽出書本時，不至於弄傷書。

在麻雀書店打工時，老奶奶教導她，這種書架非常好。

（這家書店不簡單。）

來未心跳加速。她雖然笨手笨腳，但知道這種書架怎麼排，也明白這需要多大的工夫。放眼望去，每一個架位都很漂亮。

還有手寫立牌——

文藝書和文庫本的書架上，隨處可見手寫ＰＯＰ介紹，樣式雖然樸實（這家店應該沒有會畫畫的員工），但字跡端整好讀，用心替主打書寫了內容介紹與推薦重點。

（真的很厲害。）

由於來未幾乎不看小說，無法確定文宣描述是否符合實際內容。不過，看到如此充滿熱情和愛的手寫推薦，她願意讀讀看。

來未尋找漫畫書架，距離有點遠，正當她準備前進之時，聽見剛剛那名男子的聲音。

「一整小弟，請問，我可以來這家店幫忙嗎？」

他的聲音鏗鏘有力，來未忍不住回頭。她知道不該偷聽別人說話，但就是很好奇。

「咦？風貓先生——藤森兄要來？」

店裡的員工站在櫃檯內，用溫柔但訝異的聲音反問。

這位店員是一位戴眼鏡、感覺頭腦聰明的小哥，非常適合穿那件寫著店名的圍裙。長得很高，年紀應該比來未大，但是比毬乃小，目測二十多歲快三十歲，或者三十出頭吧。

這個人應該就是姊姊說的，從都市來的店員。來未思忖。

剛剛那個年紀接近爸爸的男人繼續說話。他的手摸著自己的脖子，似乎對自己提出的要求感到可恥。

「唉，坦白說啊，我也覺得自己提出這個要求不切實際。我雖然在出版社做了很多年，但從來沒在書店工作過。我知道自己只是熱愛書店的外行人……」男人認真注視櫃檯裡的店員。「但我想用這雙手，重新接觸書與書店相關的工作。一直在想，對於這家書店和出版業界，自己還有什麼能做的呢？過度干涉可能會造成你們的困擾，這我知道。可是，一整小弟啊，你願意讓我來這間店試做看看嗎？當成打工人員就好。不，甚至不用支付我計時費。我什麼都願意做，可以幫忙打掃或整理等等。」

「呃？等一下，風貓……藤森兄要來幫我們打掃？」

店員小哥似乎大為困惑，眼底卻藏不住喜色。

「怎麼好意思讓鼎鼎大名的風貓先生，當敝店的打雜工呢。」

「啊，如果打掃不缺人，可以教我收銀嗎？我從前念書時，在便利商店打過工，稍微複習一下應該能找回手感。這裡有賣收銀機的解說書嗎？」

店員小哥開懷大笑，看起來眞的很開心。

然後，他對男人深深鞠躬。

「謝謝您，您的心意和提案，我開心收下了。應該說，這根本不算請求。」

店員小哥微微探出身體，雙眼如圖畫般閃閃發亮。

他似乎恨不得握住對方的手。

「詳細情形等我和老闆討論再告訴您。是這樣的，我最近正想擴充這間書店的人文書架。」

「人文書架？」

「這裡現在完全沒有人文專區。我想用心打造一個櫻風堂專屬的人文書區，增設足以象徵本店的漂亮書架。可是，對我這個資歷尙淺的店員來說，難度太高了。」

「……」

「不過，藤森兄，您一定可以幫我選書，對不對？您做得到吧？您願意替我打造一個櫻風堂專屬的一流人文書架嗎？」

「我願意試，請讓我試！」

男人隔著櫃檯，用力握住店員小哥的手。

「謝謝您！」

「我才是。」

「啊，我會支付您計時費用。」

「不用啦，是我主動拜託你的。」

店員小哥微微一笑。

「除了請藤森兄幫我管理人文書架，我還需要您提供敝店建議。請您幫這麼多忙，不支付薪水說不過去。費用可能不高，無法和都市的書店相比，但請您務必收下櫻風堂書店的心意。」

來未不清楚兩人之間的關係，但她感受到男人間的友誼，不禁胸腔發熱。

然後稍稍感到羨慕。

（我也好想在這間書店打工喔……）

這時，她突然發現腳邊有隻三花貓，兩隻前腳伸直併攏，像在對她說「歡迎光臨」。

來未覺得在哪兒看過這隻貓，不禁彎下腰，輕摸牠的頭。這間店裡還有可愛的貓咪啊。

摸摸貓兒，被書本的氣味包圍，如果能在這裡工作一定很愉快。

大學在休假，她有點不想回去了，想再多休息一下。若能住在這個美妙的小鎮，在這間書店工作，該有多好。她想像自己穿上圍裙在店裡工作，站在收銀台前與顧客說話，或是送貨的模樣。

嗯，應該可以。她這麼想。

（在麻雀書店打工是高中時的事情，中間空了一小段時間。）

但只要看一下收銀機，應該就知道如何操作。

不過，看店面大小，這裡恐怕不需要太多計時人員。來未從短暫的美夢中清醒。

她離開愉快談笑的兩人，嘆著氣逛起書店。

來到漫畫書架前，她抬起頭，四處張望。漫畫書架很少，能一眼看盡，她有點——

不，是相當失望。

不過，她重新調整心情。

（也許這家店很少漫畫客群。）

在老年人口多，孩童和年輕人稀少的山間小鎮，似乎相當合理。

來未手環著腰，用一種參觀外國美麗花園的心情，慢慢地巡視漫畫書架。

這邊的書架也很美，書排得很漂亮，小心翼翼地收藏了許多種類的漫畫，吸睛的封面和暢銷漫畫也確實地平鋪（不是插在架上，而是封面朝外裝飾在書架上）在視線前方（容易看進眼裡的高度），但總覺得——

（嗯？）

來未歪頭納悶。

（上架的方式好奇怪啊。）

爲什麼這本會在這裡呢？隨便一看，來未馬上對許多漫畫排放的位置感到疑惑。與其說沒秩序，不如說，只是把書商送來的書原原本本地排上去。並不是書系和出版社放錯，只是，應該可以稍微調整得讓客人更好找書吧。宣傳布置也差強人意。

此外，架上加強宣傳全國話題作和暢銷漫畫，卻找不到這家書店推薦的作品。

（奇怪？沒看到ＰＯＰ。）

回過神來，漫畫這一區幾乎找不到自製立牌。

少數能找到的立牌上，也只是把出版社提供的官方文宣，原原本本地抄下來。

（沒有書店自己主打的漫畫嗎？）

（還是說……）

櫻風堂書店沒有能夠擔任漫畫選書，熟悉漫畫並懷抱熱情的人力嗎？

仔細一看，漫畫書架旁邊的輕小說書架也少了ＰＯＰ，看來這裡缺乏懂輕小說的店員，連書的排法都令人倒胃口。

來未幾乎不看輕小說，但她喜歡看插圖，知道現在書店都放哪些暢銷作品，也能分辨哪些風格的書是接下來的趨勢。

因此，這個排列糟糕、讓人感到礙眼的輕小說書架，令她忍不住盤起手臂煩惱。

（投注的愛差太多了。）

對於商品的了解程度相差懸殊。

儘管努力排列得整齊漂亮，卻感受不到心意，比較其他書架，更顯空虛。

（對了，這家店沒擺輕文學。）

猛一看沒找到，或者放在不顯眼的位置。

時下正流行從網路崛起，做成文學開本出版的書種，這種類型書囊括非常多暢銷作。

（也沒有放輕文學改編的漫畫呢……）

儘管這類漫畫仍不到暢銷，不過由輕文學改編的漫畫，至今都有固定讀者購買。

來未好不容易找到幾本，書店卻沒有特別強調，隨手和其他漫畫排在一起。

「嗚哇，太浪費了吧。」來未不小心脫口而出。「浪費到會被鬼抓走。」

她被自己的音量嚇到，察覺視線而害怕回頭，發現那位大叔和小哥從櫃檯望著自己。

「請、請問——」

來未下意識地開口，但馬上放棄，垂下頭。

（我到底想說什麼呢？）

你們的漫畫排法很詭異。輕文學不能多進一點嗎？突然以顧客立場說這些，好像怪怪的。況且，她今天第一次來。

肯定很奇怪。太厚臉皮了。簡直莫名其妙。

來未臉頰發燙，垂頭喪氣地通過櫃檯旁。

（回家吧。）

雖然是一家很棒的書店，可惜漫畫區是那個樣子，繼續待著只是更寂寞。

也許來未以後不要再來會比較好。思索之際，店員小哥興奮的聲音躍入耳裡。

「——我想在二樓弄一個漫畫、輕小說和童書專區，正愁人手不足呢。藤森兄願意來幫忙，簡直是美夢成真。」

他的聲音是真的很開心。來未心想，對他來說這肯定是天大的好消息，語氣聽來如釋重負，甚至忍不住在店裡有客人時繼續閒聊。

（漫畫、輕小說和童書專區啊。）

來未隔著天花板望向二樓。

這家書店以後要增設這樣的樓層嗎——思及此，心怦然一跳。

小哥繼續說：

「只是我對漫畫和輕小說不太熟。藤森兄，您或許比我了解？」

「手塚治虫、石森章太郎、白土三平（註）這些我還算熟，但不是我謙虛，現在的漫畫我眞的不太熟。我不排斥看漫畫，甚至算是喜歡，只是……」

——沒有時間追。男人說道。

我想也是。來未壓抑著興奮的心跳思忖。漫畫的發行量相當龐大，除非著迷地大量去追，否則知識一下子就會跟不上。輕小說和輕文學也是。

小哥夾雜嘆息說：

「眞希望找個懂這塊的人，幫忙顧漫畫和輕小說啊。不過，人文書架已經有了著落，再奢求似乎太貪心了。」

（我來做——）

（交給我吧！）

她好想這樣大叫。希望對方交由她來選書。

如果可以自由推廣喜歡的作品，要她做多少ＰＯＰ都沒問題。

（我也想參加特陳比賽。）

出版社有時會舉辦書店陳列比賽，來未分別在漫畫和輕小說項目得過一次獎。

她想回頭舉手報名。

想大叫：交給我！

但她的手發起抖，沒有勇氣說出口。

（我辦得到嗎？）

（我這麼沒用，可以奢求嗎？）

來未的心裡有道傷疤隱隱作痛。

累到無法重振的傷痛，仍未癒合。

——她沒能當上漫畫家。

沒好好把握住千載難逢的機會，背叛了眾人的期待。她只是一個外行人，既不堅強，也沒有天分。

（我是沒用的人……）

總覺得自己不該奢求美妙和美麗的事物。

她沒有自信。

來未放棄毛遂自薦，低下頭。

她往大門的方向走，準備離開。

註：六〇年代漫畫家，以忍者漫畫為代表。

接著，在熱門文庫平台前停下腳步。

矚目書區的書傾斜陳列。來未不曾這樣排書，因而引起興趣，下意識心想，這種排法講求平衡感，難度很高。但是很漂亮，也引人注目。

就在這時，眼睛捕捉到小小的展示區塊，那幅店頭用的宣傳圖。平台的展示區塊旁，美麗地疊放了《四月的魚》。

來未吃了一驚。

「『神』的圖。」她喃喃自語。「這裡有、神的圖……」

那是今年夏天出版的暢銷文庫《四月的魚》的店頭用圖。

不是出版社提供的官方輸出，而是使用銀河堂書店原創的視覺設計圖製成的特陳展示。來未不會認錯這張圖，聽說是銀河堂的店員自己畫的，網友們說，那幅畫甚至用來當百貨公司的櫥窗布置。

待過書店的來未馬上被這個話題吸引，某天看見人家轉推的圖，得知這張圖就是傳聞中的自製圖後——

簡直是「神」。來未驚爲天人。神作就在眼前。

同人圈愛說的「神作」，大概就是用在這種時候。她想。

自己完全遙不可及，水準有如天壤之別。但來未好喜歡這幅畫。

她將這幅畫存在智慧型手機，設成桌布，每日欣賞。

現在依然愛不釋手，簡直當成自己的護身符膜拜。

（不敢置信，這幅畫太厲害了。）

存在手機裡依然美到令人感動，看幾次都不會膩。放在書店賣場，裝飾在《四月的魚》的實體書旁，簡直美到發出光芒。

（啊，好想畫出這樣的作品。）

這個念頭從胸口滿溢而出。她想親手畫圖，妝點自己想推廣的書和熱愛的作品。畫技拙劣也沒關係，她想用滿滿的心意繪製ＰＯＰ。

來未用力握住雙拳。朝收銀台的方向回頭，大聲喊道：

「請讓我在這間書店工作！」

終章　串起星星的手

自從暢銷時代小說家高岡源，在夏末拜訪櫻風堂書店以來，便時常在店裡露面。他是登山健將，一般人徒步得走三十分鐘的山路，他爬上來用不到一半時間，神清氣爽地揮手說「呦，我來了」。

只要他來，一定替書店簽書。若是店裡剛好有客人，也會即席舉辦簽書會，不但大方接受讀者拍照，興致一來樂意和讀者暢談文學。接著，他會逛商店街，前往居酒屋、小餐館和旅館大廳品嘗當地料理，泡泡小鎮經營的溫泉，有時會帶太太一起過來玩。

高興的不只讀者，由於高岡自己經歷了漫長的滯銷期，能在實體書店對喜愛自己書籍的讀者表達謝意，他非常快樂且心懷感激。

櫻野鎮的居民喜出望外。等他們開始習以為常，不再大驚小怪，高岡持續以「熱愛櫻野鎮和櫻風堂書店的作家」身分受到眾人喜愛，而高岡本人也開心地表示「好像多了第二個故鄉」。

不僅如此，他常在廣播節目和新聞採訪中，以充滿眷戀和感謝的話語，介紹櫻野鎮這個鄉間小鎮。

高岡的書，在櫻風堂書店賣得更好了。

當過編輯的藤森感慨良深。

「這並不奇怪，比起和自己毫不相關、有距離感的作者，熱愛自己住的地方小鎮，時常露面的作者，書當然賣得比較好。簡單來說，讀者和作者成爲了夥伴，像是一家人。一旦和讀者建立起這層關係，作家的書一定會賣。和網路社群很像。喏，現在多數廠商和企業組織，都會在推特等社群平台創立官方帳號，發一些貼近日常、具有生活感的貼文，藉此培養自己的粉絲，不是嗎？就是類似這樣。我說的不是制式化的官方貼文，或是那些虛構感太重的官方角色喔。感覺活生生、話語中不乏眞實人生軌跡的帳號，通常特別強。一旦成爲那個帳號——該企業的粉絲，不用特別拜託，群眾也會拿出不求報償的愛支持購買，熱情宣傳給親朋好友，甚至散播到更遙遠之處。我說的就是這個。這就是企業仰賴網路社群的原因。」

「不過，高岡老師的情形並非刻意操作。」藤森說。「大家都很開心，眞的很幸運。我當編輯的時候，也遇過幾次類似的情況呢。一旦抓住這些願意把作者暢銷當作自家喜事一樣開心、行動力和傳播力強大的讀者，不用出版業務辛苦推銷，也不需要廣告行銷大肆宣傳，讀者會自己帶來讀者，自動替作者賣書。這就是社群時代全新的行銷方式啊。」

櫻風堂書店也有新的工讀生加入，負責漫畫區的澤本來未是個志願當漫畫家，有點內向笨拙、認眞工作的好孩子，能以自然的笑臉招呼顧客這點也很棒。

她雖然聲稱自己「不看字多的書」，卻發揮創意靈感，替高岡源的書和許多作者的書做了POP立牌。這位女孩一面說自己畫得不好，一面愉快地畫下可愛的圖。聽說她很崇拜銀河堂書店的苑繪，有時會膜拜展示在店內的《四月的魚》宣傳圖。

她在一整自製的《靛色疾風》小報（類似手寫快報，印好放在店頭讓顧客自由拿取，有時會夾在書裡當贈品）旁邊畫了角色圖，以漂亮的手寫字寫上書名。

小報裡附了高岡的簡短採訪，列出一般訪談不會問、充滿人情味又樸實的快問快答，以及他在書店的休閒放空照。高岡是個表情豐富的人，照片拍起來特別有魅力。

製作好的小報經過建檔，與銀河堂書店共用，此外更透過推特免費提供給需要的書店，用這種方式募集願意一起炒熱書籍話題的書店同行。書只在自家熱銷沒用，需要鋪上眾多書店平台，全國各地都有人討論，方能踏上暢銷之路。

這種小報，說穿了只是一張影印紙，卻能帶給人不可思議的愉快感受，製作上雖然會花一些時間，但顧客拿到也很開心。書店取得檔案後會想「難得有了小報，不如多進一些書，順便寫新的POP吧」。

種種因素，使得書籍在店內引人注目，開始銷出。《靛色疾風》的新書本來就賣得不錯，但自從小報在推特上炒熱話題，許多書店也紛紛引進，如今在全國加速熱賣中。

也有書店以「推特討論度」爲前提來賣書，意外抓住這些書的讀者。而熟齡讀者因爲想和孩子或孫子聊網路話題，也會成爲延伸的讀者，使書賣得更好。

緊接著，電視台的情報綜藝節目和晚間新聞也會跟風報導。高岡長年從事業務工作，個性成熟穩重，電視節目的通告完全難不倒他。因爲高岡有信心，全國書店和讀者願意支持他。他總是笑臉迎人，態度謙卑，表現自然，曝光度因此增加。

終於，連高岡的人格特質也受到喜愛。

十來歲的少女們說「老師很厲害，但是人很可愛」。

這些迷妹暱稱高岡叫「小源老師」，用一種蒐集角色周邊商品的心情，購買《靛色疾風》。推特、ＩＧ開始大量出現高岡的書封照片，這些免費宣傳又讓書籍接觸到新舊讀者，讓他們買下書籍。

《靛色疾風》的新書大賣。

雖說這本書本來就是暢銷系列的最新集數，但連一整和做過編輯的藤森，都對於書籍的賣座程度感到訝異。

「書這種東西，當你以爲已經大賣，其實才剛開始呢。」

連一整都忍不住有感而發。

一天，櫻風堂書店老闆自言自語。

進入下午時段後，顧客轉眼消失，店內只聞野鳥高聲鳴唱。

「我說一整小哥啊，辦簽書會是不是很辛苦？你覺得我們書店辦得成簽書會嗎？」

「簽書會？誰的……」

問到一半，答案不言而喻。

除了高岡源還會有誰？

老闆笑咪咪地搔搔頭。

「畢竟我們是鄉下小書店，平時很少作家來訪，從沒舉辦過簽書會。如果可以，我這輩子眞想在這裡辦一次簽書會啊，算了卻一樁心事，是高岡老師的書更好。如此一來，我隨時都能安心離開……」

正巧在店裡的鎮長福本薰傻眼地嘟嘴，笑著調侃：

「別這樣烏鴉嘴。」

美人生起氣來還是很美。

福本薰是從小和老闆一起長大的青梅竹馬，也是櫻風堂書店的老主顧。

聽說她在出版業闖出一番成就後告老還鄉，積極嘗試振興鄉里，是一位熱愛家鄉、富有挑戰精神的女性，透過實際行動，成功推動多項企畫和事業，漸漸將小鎮改造成適合居住的環境。聽到她的年齡可能會大吃一驚，因爲她除了一頭銀髮，實在看不出年齡，是個帶著神祕氣息的美女。

「就是說啊。」

一整停止整理書架。

「通常若是遇到住得很遠的作者，常常因爲『誰負擔交通費』而發生爭執，不過如果是高岡老師，這點應該不用擔心。除此之外，沒有其他直接開銷。如果是辦免費入場──我們要辦免費的吧？那就不需要支付作者謝酬。」

不過，按照這間書店和高岡的交情，禮義上要透過請客聊表謝意，一般喝茶吃飯的程度即可，不要讓作者過意不去。針對來參加的顧客，可以準備小小的來店禮當感謝。

「書店和出版社之間的交情也很重要。要是活動辦得不熱鬧，怕有損作者名聲，基於這層考量，出版社可能會拒絕……」

一整說著也感到不好受。在銀河堂書店工作時，不需要擔心這個問題。儘管規模已不若昭和時期，銀河堂畢竟是老字號書店，加上位在人來人往的車站旁，不太需要煩惱集客問題。再者，若要舉辦《靛色疾風》的簽書會（十之八九是這本書），一整必須重新和那位業務打交道。事到如今不想抱怨，但不確定洽談會不會順利。

老闆輕輕嘆氣。

「嗯，看來在這間店還是不行啊……這裡是山區，本來人口就少，加上交通不便，眞的不適合辦活動呢。」

一整陷入沉思。

即便高岡源的簽書會眞的談下來，如何吸引顧客來參加恐怕也是個問題。

今天若換作蓬野純也要舉辦簽書會，由於他的讀者相對比較年輕，很多住在都市、各方面都比較充裕的人，即使辦簽書會的地點遠了點，他們也會設法參加。透過網路社群宣傳，那些行動力強的讀者應該會努力騰出時間來捧場。高岡的情形則不同，最近他確實多了許多年輕讀者，但核心讀者依然是熟齡層，不在交通方便的都市舉辦簽書會，恐怕得擔心炒不熱場子。

（能來參加的，大概只有當地居民和鄰近縣市的人。）

不過，哪怕是當地人參加的小活動，想必高岡也會開開心心地與讀者同歡，向他們道謝。一整完全可以想像那副笑容。

（但……）

這樣順應別人的好意，眞的好嗎？

辦活動並非易事，不單純只是請作者和相關出版人員空出簽書的一、兩個小時就好，而是活動當日整天都無法工作，可能還得提前花好幾天準備。考慮到高岡的年齡，活動結束後恐怕很累了，無法立刻回去上班。

要一個願意無償舉辦簽書會的作者，答應這種當日參加人數恐怕不多，對實際銷售沒有太大幫助的活動，不會太厚臉皮嗎？

老闆似乎從一整的表情看出難處，垂頭喪氣。

「這個夢想不是我們能高攀的吧。我不禁幻想，倘若能舉辦簽書會該多愉快啊。顧客一定又驚又喜，覺得很驕傲。真想讓高岡老師見見那些書迷的表情，想讓老師知道，他的讀者露出這麼開心的笑臉，齊聚一堂。」

他落寞地笑了笑。

「雖然只有短短一瞬間，但我作了一個美夢。很幸福的夢。」

這時，傳來開朗的聲音：

「哎呦，這麼簡單的夢想隨時都能實現。挺好的啊，我們來辦簽書會吧。」

高岡源來了，他總是不經意地出現在店裡。

「啊，可是……」

一整支吾著，高岡微笑說道：

「我大概知道怎麼一回事，請你們完全不用顧慮我，我保證不會私底下抱怨。」

高岡凝視老闆。

「我才想拜託貴店，務必讓我在這裡辦簽書會。櫻野鎮現在就如同我的故鄉，一定要辦在這裡才行，拜託您了。」

他深深一鞠躬，老闆也低下頭，握住高岡的雙手。

「哪裡，我才要謝謝您呢。櫻風堂書店會好好加油。」

一整看著兩人交談，靜靜露出微笑。內心決定放手一搏了。

（櫻風堂的第一場簽書會就是高岡源，很棒啊。）

這時，福本薰極其自然地接話：

「既然這樣，要不要乾脆辦在農曆聖誕節，舉辦星夜祭的期間呢？那時候會有返鄉潮和觀光客來玩，比較熱鬧喔。這是行之有年的老活動了，祭典前後，附近的觀光飯店和民宿都會客滿。」

「啊，原來如此。」

藤森邊整理人文書架邊靜靜聆聽，笑了出來，拳頭輕敲手掌。「還有這一招。」

「呃，請問星夜祭是……？」

一整問，在旁邊聽大家說話的透笑著抬起頭。

「這是誕生自古時候鞠公主傳說的祭典。我們會在湖裡放水燈，用很多蠟燭和燈籠點亮湖四周的冷杉森林，看起來就像點亮星光，是很美的祭典喔——對了，聽說放水燈時許的願望一定會實現。」

「很靈驗喔。」透壓低聲音，調皮地笑著。

「我今年才許過願，祈求櫻風堂書店不要倒閉，可以經營下去。」

他從地上撈起愛麗絲，抱在懷裡。

既然活動時間訂在農曆聖誕節——也就是隔年一月，那就還有充分的時間籌備。如此一來，哪怕是鄉下小書店，也能稍微炒熱話題。

和當地的祭典活動搭在一起，多少能吸引到第一次來訪的顧客。

在銀河堂書店時，每當簽書會成功吸引人潮，書店排起長長的隊伍，就會有人問：

「欸欸，這是哪本書的作家啊？我看好多人都在排隊，就跟著一起排了。」

如此這般，成功吸引因好奇而來排隊的新讀者。

（太好了，這下有機會聚集人潮，不怕讓高岡老師丟臉了。）

一整鬆了一口氣。

「對了，一整小哥，我想到一件事。」老闆正色道。

「簽書會結束以後，我想正式向大家宣布你是櫻風堂書店的新店主。哎，在我心裡，這家店老早是你的了，不過還是得正式交接。相信高岡老師的簽書會，會是最棒的活動。用我這一代最後一場活動創造難忘的回憶，紀念新的櫻風堂書店誕生。」

「明年起，你就是這家店的新店主喔。」老闆的手伸向一整的右手。

一整用微微發抖的右手，用力握住老闆的手。

眼角瞥見透開心的笑臉。他比起初遇時長高不少，變成笑容開朗的少年了，懷中的三花貓不知聽懂多少人話，愉快地豎起鬍鬚。窗邊棲木上的白色鸚鵡忽然朝上伸出白色翅膀，像在高喊「萬歲」。一整想起以前聽老水手說，這是牠心情好時的動作。高岡源笑咪咪的，眼角的魚尾紋很溫柔，心滿意足地「嗯、嗯」點著頭。

小鳥的叫聲聽來變得遙遠，一整置身斜射而入的秋日陽光與吹過書店的涼爽秋風中，產生一種魔幻氛圍，彷彿架上的書在守望他，微微地傳來吐息，塵封在每一本書中的文字化作言語，祝福著即將繼承書店的一整。

一整很久以前就知道這種感受，恐怕在孩提時代，感覺更清晰。說出去大概會給人看笑話。然而，就連一整忘記它們時，它們也不曾離開，始終以最好的朋友身分陪伴。

緊接著，另一位貴人在某天夜裡伸出援手。

團重彥在福和出版社的責任編輯鹿野有香，傳訊到櫻風堂書店的官方推特。

「我聽到風聲，聽說你們明年要在書店舉辦簽書會，這是真的嗎？」

消息眞靈通。附帶一提，鹿野是個飛毛腿，聽說從前是田徑隊員，待人處事總是朝氣蓬勃，反應迅速。她是年輕世代的編輯，和團重彥相當投合，兩人親如父女，一整聽團重彥說，她作爲編輯很嚴厲，做書膽大心細，不輕易妥協。

「鹿野小姐很頑固喔，一旦決定了絕不退讓。」

他的語氣開心又驕傲。

因爲這位年輕的幕後推手陪作者一起努力，《四月的魚》才能順利問世。

聽說兩人目前正在籌備新書，團重彥這次想寫書店故事。

「我能以月原您爲靈感，創作一個帥氣的書店小哥嗎？用這位店員當主角，描寫孤獨的書店員工靈魂，和他拯救了差點歇業的小書店的過程。」

團如此徵詢意見時，一整十分不好意思。

而鹿野這次主動聯繫又是什麼事呢？私訊傳來的時間是深夜，這個時間她常常還在編輯部加班，等作者回稿和設計師提案，不知不覺就等到這個時間，邊煮泡麵邊上推特。

既然是鹿野，現階段無須隱瞞。一整告知高岡源的簽書會正在籌劃，預計辦在一月，她這樣回覆：

「眞可惜啊，我家老師也想敲櫻風堂書店的簽書會呢。他不知從哪聽說了高岡老師要辦簽書會的消息，跑來跟我說他也要辦，你說我該怎麼辦？」

怎麼辦？一整還眞不曉得該怎麼辦。

「我有個提案，要不要辦聯合簽書會？最近流行好幾位作家同時在一個場地辦活動，這能一次吸引不同客群到場參加，很熱鬧喔。也能招來那些愛參加活動的新面孔。啊，不過當然是以高岡老師爲主，我家作者雖然年紀不小了，但畢竟是新人作家嘛。總之，兩個人比一個人容易滿場，不是嗎？」

收到這個訊息後，一整驚覺——不知這是作者還是編輯出的主意，他們應該是想幫忙櫻風堂書店召集讀者，藉由聯合活動的方式讓場面更熱鬧。

鹿野太謙虛了，《四月的魚》可是暢銷書，團重彥則是從前的名編劇，肯定想會會支持他的讀者。拜一整在櫻野鎮熱情推廣之賜，小鎮居民也很喜愛這部作品和作家。

然而，團和鹿野此次站出來，不是要替自己打書。沒錯，團重彥本身行事低調，極少公開露面，不喜歡被人吹捧，更別提他才大病初癒，如果有時間，應該盡量休養。

（可是——）

一整握住智慧型手機，對著螢幕低頭感謝。

他這樣回覆訊息——您的心意我收到了，但我擔心老師的身體，簽書會大可等他身體好點了再辦。

訊息交錯傳來。

「團老師說想去實地取材，參觀人氣作家高岡老師在櫻風堂辦的簽書會，作爲新書參考資料。喏，我跟您提過，以您爲雛型創作的書店故事。既然要寫您的書店故事，老師勢必得取材，順便以作者身分參加櫻風堂書店的第一場簽名會，否則說不過去吧？」

訊息繼續傳來：

「書名方向已經確定，叫《櫻風堂書店奇蹟物語》。啊啊，還只是暫定，年輕店員繼承的店名會直接放入書名，不過店名還在構思，總不能直接叫櫻風堂嘛。」

如此這般，這下不只高岡源，連團重彥也要參加簽書會，看來鄉村小書店的活動可以辦得熱鬧風光，一整等人如釋重負，但放鬆的同時也很緊張，謹慎地正式展開籌備。由於一整資歷尚淺，加上櫻風堂書店不曾辦過活動，現在突然要辦規模這麼大的簽書會，難免不安。一整也請教銀河堂書店的柳田店長和塚本副店長的意見，謹慎確認每一個環節。

辦活動意味著將許多人聚集起來，必須特別留意現場安全，不能造成任何人身事故或糾紛。要讓來捧場的每一位顧客，帶著幸福的笑容、開開心心離場，慶幸不虛此行。

（要拿出我們的專業。）

儘管不是專業活動主辦，論及待客之道和書籍活動，書店店員必須達到一流水準。這是一整給自己的期許。他要當店長了，要求自己一定要辦好活動。

他和兩本書的出版社（活動當日，責任編輯和行銷業務也會到場幫忙）持續開會，悄悄進行企畫。高岡源好像本來就很喜歡團重彥的編劇作品，非常期待聯合簽書會；不僅如此，還說：「我在設計公司上班，簽書會的海報小意思啦，自己做就行了。」自行設計起簽書會的原創海報。「哎，好期待聯合簽書會啊，一定很熱鬧。既然這樣，不如多來一個作者吧。」

這時，意想不到的人物打電話來。

季節更迭，時序邁入深秋。當圍繞櫻野鎮的森林、分隔區域的溪流和河川旁邊的闊葉林顏色逐漸加深，風吹過肌膚開始寒冷之時——

「我是蓬野純也。」

這通電話來得毫無預警，一整頓時語塞。他不討厭這號人物，小時候甚至很喜歡他，只是兒時的傷心記憶片段不時浮上心頭，令他反應不及。儘管剩下模糊的記憶，心底卻留下悲傷寂寞的陰影，原以為自己已經沒事了，卻像不小心觸碰到未癒合的傷疤。

總是如此。和這位表哥長年保持距離、互不聯繫反倒輕鬆，一整向來認為對方也是這麼想。蓬野來過店裡一次，就這麼一次，一整因而認定他也不想見到自己。矛盾的是，一整總是將他的書擺在顯眼的位置，以便他隨時再來能看到。一整很尊敬他寫了這麼棒的作品，內心悄悄以表哥為榮。

然而，表哥用開朗的語氣，說出意想不到的話語：

「聽福和出版社的業務說，明年一月高岡老師要辦簽書會？不只這樣，團老師也要一起合辦？我聽說了日期，那天我有空，可以開車幫忙載東西，能讓我來幫忙嗎？我願意整理會場或是泡茶。」

「——不，呃，怎麼能讓你搬東西和泡茶。」

讓赫赫有名的蓬野純也打雜？那個常常上電視的暢銷作家？

「我從十幾歲起就是團老師的劇迷，想請他簽名。高岡老師也是我很景仰的作家，我之前就想找機會和他說話。」

純也的聲音總是開朗愉快，察覺不出任何陰霾。

一整忍不住換上開朗的語氣——也許心中早已盼望多時。當年有什麼過節，他早就記不清了，只記得小時候和這位表哥感情好到像親兄弟。

「蓬野老師難得過來，不如在其他地方出力，我會更高興。要不要和兩位老師一起合辦簽書會呢？」

一整知道這個要求很厚臉皮，但既然蓬野要來，論及他的分量，不讓他以作者身分參加未免太失禮。

況且，活動前的十二月，他剛好要在福和出版社推出新書，雖然不成謝禮，但這樣多少能幫他打書吧。不過以他的名氣，在櫻風堂書店辦簽書會，真的只是很小的宣傳活動。

「還有，」一整對書店的話筒深深低下頭。「承蒙您夏天時幫忙推薦《四月的魚》，我要好好說聲謝謝。」

蓬野先是在廣播節目「弦月書櫃」上熱情推薦這本書，接著在他所能觸及的所有媒體，協助書籍曝光。他是本書眾多的幕後推手之一，也是大功臣，一整一直想感謝他。

「那沒什麼啦，小事而已。」開朗的聲音摻雜了感動。「好作品一定要大家一起用力推，大賣才行，況且我還是追隨團老師多年的頭號粉絲呢——呃，剛剛說到聯合簽書會？我可以加入嗎？」

不打擾你們的話，務必讓我參加。表哥如此表示。

保險起見，一整還是徵詢高岡源和團重彥的意思。

兩位作者都很開心見到活動變得更熱鬧。

「喂，太令人羨慕了吧？」

當天晚上，一整打電話告知時，銀河堂書店的柳田既羨慕又忌妒。

「這是什麼超豪華陣容啊？分一個給我們吧——這一半是開玩笑的啦。」

他壓低音量。

「辦到這個程度，來的人不會太多嗎？」

「是啊，我也有點擔心。」

因此，一整才會在平時不會打電話的時間找他商量。

書店即將打烊，店內安靜無聲，秋天的蟲鳴從窗外傳入，音色既教人懷念，又像在告知冬日將近，聽來分外感傷。

「我本來想直接辦在櫻風堂書店內，這下沒問題嗎……」

一整知道自己的聲音缺乏自信。他原先判斷店內坪數足夠辦活動，但那是只有兩位作者的情形，如今多了集客力強的蓬野純也加入，想必會有許多行動力強的讀者參加，店內空間可能不夠用。要是人潮太洶湧，人擠到店外，在附近排隊，怕給商店街的其他店家帶來困擾、憂心櫻風堂的員工管理不到的顧客在小鎮上遇到麻煩。

「——還有另一點，一次湧入這麼多書迷，會不會有人迷路呢？我重新想了想，從最近的車站過來，要走三十分鐘的山路，對第一次來的人來說，難度似乎太高了。」

當地人已經習以為常，幾乎不曾發生事故，但偶爾會有老人來山中採野菜，不小心迷路。海拔雖然不高，但這裡有小瀑布和沼澤，一旦迷路，難保不會出人命，更別提活動舉辦在寒冷的季節。

由於事前會在店裡發簽書會用的參加券，照理說，比例上會是當地居民比較多。但比照其他書店辦活動的模式，參加券可以透過電話保留，因為不這麼做的話，等於拒絕了願意遠道而來的熱情讀者，讓他們吃閉門羹。

手機那頭的柳田似乎沉思片刻，接著說：

「好，當天我會派幾個銀河堂的人過去支援。這邊有好幾個傢伙很好奇櫻風堂，大家都想見到你，應該滿多人樂意過去吧？這樣應該能維持秩序。他們都是場控老手了。」

「謝謝您。」

一整只能道謝了。尤其他知道銀河堂書店應該也是人手不足。

柳田發出笑聲。

「幹麼道謝啊，我們現在不是連鎖店嗎？相互支援是應該的。但我們沒辦法幫忙布置會場，這你們自己加油啦。」

「好的，謝謝您，會場我會設法處理。」

這是他必須辦好的事情。一整拿著手機鞠躬道謝，結束通話，嘆了一口氣。

在旁邊關收銀機的藤森似乎聽出通話內容，回道「太好了」。一整稍早也跟藤森討論過剛剛和柳田提到的問題。

一整再次嘆氣。

「這樣應該能勉強做好管制，但我還是擔心場地問題。老實說，我不確定到底該吸引多少人來才好，畢竟店裡就這麼大……」

兩人環視店面。若要直接在店內舉辦簽書會，容納五十個人應該沒問題。但萬一排了七十人，甚至上百人呢？

藉由控制參加券的數量，應該能掌控大致的人數。然而，如此豪華的簽名陣容，只限定少數人參加並不合理，一定會抱怨四起。

正當兩人煩惱之際，不知何時來到店內的鎮長笑盈盈地說：

「不嫌棄的話，要不要使用山丘上的廢棄校舍呢？校舍放到現在還沒拆除，就是爲了因應類似活動，最近偶爾也作爲居民集會場地，打掃得很乾淨喔。」

不知福本薰在旁邊聽了多久，面露愉快又帶著惡作劇的笑容。銀髮美女靜悄悄地站在打烊時刻的書店裡，總覺得像是精靈。

「啊，好主意，能借我們用的話就太感謝了。」

藤森雙眼發亮。

「有了這個場地，就算來了上百人參加也不用怕。一整小弟啊，你到山丘上的小學看過了嗎？那是一棟漂亮的老建築喔，不但有鐘塔，還有鴿子呢。學校裡有舊式的大圖書館，排放了許多童書，還附了暖爐。我調查過學校的歷史，聽說從前小鎮很熱鬧、人口多的時候，那裡是說故事廣場。亮晶晶的實木地板和櫃子帶著懷舊風情，很美喔。能在那麼漂亮又寬闊的場地舉辦簽書會一定很棒。」

窩在書店貓籠裡的愛麗絲，尖尖的耳朵動了一下，然後繼續沉睡。

「對了，至於擔心顧客從最近的車站登山過來會迷路的問題，我剛剛想到了解決方案，應該可行。」

藤森輕輕揚起嘴角，愉快地笑了。

隔天下午，觀光飯店的經理笑咪咪地拜訪書店。

「我聽風貓先生說了，你們要在星夜祭時辦活動，對不對？聽說當天可能會有許多遊客登山。需要的話，要不要我們出借接駁小巴呢？只是要和飯店顧客一起乘坐，類似《戀愛巴士》那樣。」

聽說每逢一年一度的祭典期間，飯店會因爲觀光客和歸鄉人潮而客滿，因此派出比平時更多班次的接駁小巴，去山腳下的車站接遊客上山，但巴士也因此出現空位。話雖如此，減少班次會造成顧客不便。這間歷史悠久的古典飯店，特別重視這些一年只有一次大量湧入的客人。

「能讓顧客閒適搭車固然好，但巴士內空蕩蕩的，感覺很寂寞。因此，本飯店更歡迎各位一同使用。」

一整和櫻風堂老闆面面相覷，一起向飯店經理敬禮。

「請問簽書會預計幾點開始、幾點結束呢？有需要的話，我們也能派出回程巴士。本飯店目前已經訂滿，從前鎮上有許多旅館，現在幾乎沒了，參加書店活動的顧客不趁天亮時下山，恐怕找不到地方住，沒開車和不叫計程車的人會被困在山區。」

「謝謝您的幫忙，簽書會下午一點開始，預計舉辦兩小時左右。」

控制在三點結束，人們還能在附近稍微觀光再回去。城鎮雖小，但希望來參加簽書會的書迷都能帶著美好回憶離開。如果回程有巴士接送，大家就能悠閒逛到傍晚再走。

正好來上班的藤森浮現滿足的笑容，輕輕舉起手中的魔法壺。

「我帶了現沖的咖啡過來，各位要不要喝？」

要在山丘廢棄校舍舉辦簽書會的消息在小鎮傳開。

每天都來逛書店的女性顧客——之前一整還沒在櫻風堂上班時，開開心心買了觀光導覽回去的時髦老婦人也聊起簽書會的話題。

「我平時幾乎不看小說，但如果是小源老師寫的，我有點好奇。趁這個機會買來瞧瞧吧。簽書會辦在山丘上的小學校舍，對不對？」

她站在料理雜誌書架前挑書，一面和收銀台前的一整聊天。

小源老師——作家高岡源人氣如日中天，現在連美髮院的女性雜誌都會刊登報導。

「您應該會喜歡喔，他的小說裡常出現美味的料理。」

這位老婦人時常購買料理雜誌，而且還是接近專業廚師水準的進階雜誌，一整猜她可能是烹飪高手。

（她總是溫柔地和我聊起鎮上的小道消息。高岡老師的書裡有很多溫暖的市井人情描寫，她應該會喜歡。）

老婦人拿起數本雜誌，走向收銀台，笑咪咪地說：

「那我也想參加簽書會，請問要怎麼拿參加券？」

一整向她說明，凡購買三位作家的任一本書（這位婦人應該要買高岡源的）就符合資格，她馬上買下《靛色疾風》的第一集和最新集數，說她會趕在簽書會前讀完，這樣才能和老師聊天。

老婦人笑咪咪地等結帳時，忽然提到：

「聽說很多人會來參加簽書會，這樣是不是需要排隊呢？我在電視上看過那種活動。你們會提供茶水和點心嗎？」

「會的，我們正在想有什麼東西可以在店裡弄……」

一整原先認為自己、小透和藤森三人齊心合力就能解決，仔細想想，時間上似乎太匆促。就算銀河堂書店派人過來支援，櫻風堂書店的員工還是得全力維持活動秩序，總不能都在店裡備茶。

「需不需要我來幫忙呢？我也可以找朋友一起過來呀。」

老婦人指著自己的鼻子。

「我家從前經營旅館喔，那是一間歷史悠久的大旅館，會端出美味的料理，可惜後來歇業了。昭和時代，日本倒了許多飯店和旅館，差不多那時候收起來的。」

只見她輕輕垂下肩膀。聽說約莫那個時期，櫻野鎮一口氣倒了好幾間旅館。

「簽書會幾點開始呢？下午對不對？若是不嫌棄，要不要我準備一些飯糰和輕食？當地料理也不錯，飲料可使用特產的茶或紅茶，牛奶也行。山丘上的校舍有地方可以烹調，想準備正式一點的東西也行喲。」

啊，這樣不錯，那樣也不錯。自語的老婦人愉快地敲著手，匆匆忙忙地回去了。

想不到一眨眼工夫，整個活動流程都清晰起來——如果有人想在簽書會結束後，參加完晚上的星夜祭再走，學校圖書館可出借爲臨時住宿場地，櫻野鎮從前的旅館業者將全體總動員，招待這些訪客，聽說還會準備料理。使用當地食材兼作觀光宣傳，食材便能從鎮上免費取得。

「難得在一年一度舉辦祭典的時候來到櫻野鎮，趕在天黑前回去，太可惜了嘛。」擅長烹飪的老婦人如是說。

「聽說觀光飯店要派出小巴接送？豈能讓他們一枝獨秀呢？」

「這個主意好。」藤森興奮接腔。「在書香環繞的地方——例如書店或圖書館住宿，很符合現代趨勢。一群人在圖書館打通鋪，徹夜暢談，感覺多麼開心啊。能在那麼漂亮的建築物裡舉辦宿營，還能吃到小鎮當地料理，說不定有些人會衝著這點而來。」

一整知道有些書店和圖書館會舉行合宿活動。最近甚至有民宿刻意替旅客打造書架，或提供附書架的度假小屋，作爲吸引客人的宣傳亮眼。

來自顧客的親切提案使一整心情雀躍，既開心又感激。

同時也很愧疚，但老婦人開心地擺擺手，笑著說「沒關係、沒關係」。

「我們很久沒有接待旅人了，趁機過過乾癮，何樂而不爲呢？咱們小鎮從古時候就特別歡迎旅人，喜歡看著他們開開心心踏上旅途。祖先的血液在沸騰囉。我說，書店小哥呀，你能繼承商店街的老書店，還替我們從遠方招攬顧客，我們都很高興呢，整個人如獲新生。這座小鎮被人遺忘多時，雖說日子平平靜靜的，還算過得去，和日本其他老觀光地一樣被人淡忘，似乎也無所謂了，但總覺得很寂寞啊。」

老婦人笑了。嫣然的笑容，不像平時以鑽研料理爲樂的書店常客，而是老鋪旅館老闆娘充滿自信的微笑。一整這麼覺得。

「一月的時候，我們可得全部總動員，做好準備，迎接顧客來訪。」

冬日降臨，年後即將迎來櫻野鎮的星夜祭和櫻風堂書店的簽書活動。

參加券共準備了一百二十張，這是一整經過苦思決定的數量，到了十二月底就全發完了。除了主辦的櫻風堂書店，連鎖店銀河堂書店也理所當然地發放參加券，而高岡源、團重彥和蓬野純也三人也各自在自己的媒體宣傳活動，成功炒熱話題，吸引了許多人呼朋引伴攜手參加。

期間還發生了這件事。約莫十二月底的聖誕節前後，住在櫻野鎮的年輕遊戲開發員，在推特分享了櫻風堂書店官方帳號的聯合簽名會消息，附的貼文如下：

「這些人這麼努力，全是爲了實體書店的存亡而戰，請喜歡書店的人幫他們加加油。鄉下小書店正在奮戰，目前小鎮居民全員出動，非常熱鬧，當天還有超漂亮的祭典，各位可以多來參加祭典，順便看看簽書活動。

「老實說，我對實體書店沒有太大的興趣，反正書在哪買都一樣，乾脆所有書都出成電子書算了。只是，我從以前就愛看時代小說，高岡源的小說很好看，本人我也喜歡，要是因爲在我們小鎮辦簽書會，導致當天沒人來參加就太可憐了。

「高岡源很像我國中圖書館的老師，我以前很討厭上學，但是喜歡去圖書館看書，也喜歡那位老師。不知爲何，我想起了從前的回憶時光。」

這則貼文被某知名遊戲製作人轉推，這位大人物長年以某動作RPG紅遍全世界。

「人們對於實體書店各自懷抱著不同的想法。居住環境和生活習慣不同，理想的書店型態也會跟著改變。但有一件事是肯定的，小鎮書店和實體書店一旦消失就回不來了。會走入歷史。

「每逢這種深冬時節，我就會想起小時候家附近有一家賣玩具和文具的老書店，我以前最愛去那裡玩，每個角落我都喜歡，放學後一定要去逛書店，聖誕節也在那裡買東西，那裡曾是我的夢幻王國。

「我很瘋漫畫週刊雜誌，當時著迷到發售日前興奮得睡不著，出刊當日馬上抓著零用錢衝去買。漫畫單行本我一本都看好多遍，看完放在書架上。漸漸地，我迷上了科幻小說。學生時也玩過遊戲猜謎書，在學校和同學交換看。

「可是，長大以後，久久去書店一看，我才發現小時候覺得好大的書店，原來小到十步就能走完，塞滿書架的書和玩具，只剩下一些髒髒舊舊的留在那裡，下次再去的時候就關門了。想必它只是一間當年隨處可見的破舊小書店，但那曾是我生活中唯一通往夢想國度的大門。有那裡，才有現在的我。閉上眼，我隨時能看見小時候好奇凝視的書店書架和書背，這些畫面肯定永遠不會消逝。

「小鎮上擁有書店，就是這麼一回事吧。就像爲當地孩子，準備了一扇通往夢想國度的大門。所以，我想守護所剩不多的小鎮書店。這也是在替現在及未來的某個人培育與守護夢想。

「不過，每個人想守護、想珍惜地留到未來的事物不盡相同。大家願意各自守護自己重要的東西，也挺不錯的啊。如此一來，世界上就會有許多美好的事物經由眾人之手而保存下來，使世界變得更美妙。」

終於到活動當日，當地居民展現出無比熱情；追隨三位作者大老遠跑來的讀者也不落人後地熱情回應。高岡源、蓬野純也本來就是服務精神滿滿的作者，想不道團重彥也頗有一手，邊簽名邊模仿從前的名劇中，帥氣的新聞主播飾演主角的招牌表情和台詞，讓粉絲頻頻爆出歡呼。

山丘上的廢棄小學校舍，細心擺放了小鎮居民手製的美味輕食和點心。三位作者座位前方一一出現排隊簽名的人龍，也有許多人趁這個機會買了沒接觸過的作者書，一起簽名。福和出版社的大野眉開眼笑。

「聯合簽名會就是有這個好處，與未知的作者幸福相遇。」

通常作家辦簽書會不會來這麼多人，常有人當日臨時不參加，但這次多數書迷皆排除萬難來到櫻野鎮。一整認為，是作者和書店間的種種「小故事」吸引了人們造訪。

不論來了多少書迷，銀河堂書店派來的支援人手都能巧妙地引導隊伍。人們紛紛向穿著銀河堂圍裙的人員搭話：「哦？其他書店過來幫忙的嗎？」

副店長塚本笑著搖搖頭。「我們不是其他書店的人喔。」

銀河堂書店和星野百貨送來了華麗的祝賀花籃。

最令一整高興的，莫過於在排隊買《四月的魚》的隊伍中，和那名少年重逢。偷書事件的當事者，在雙親的陪同下現身。當時一整去他住的醫院探望多次。許久未見，少年長高了，表情也變開朗了，看起來過得很幸福。

「因爲這本書非常值得一看。」

一整對他微微一笑，少年欣喜地回以笑容。

簽書會看似流暢進行，但其實在開場前，場面曾一度混亂。隊伍中有幼童受不了長時間排隊，開始大吵大鬧。雖然能體諒孩子和家長的辛苦，但孩子尖銳的叫聲差點破壞了會場的氣氛。

就在這時，前來幫忙的苑繪拿著老舊的繪本走到孩子面前，吸了一口氣，吸引孩子們的注意，接著換上笑容，和平時一樣說起故事。

「苑繪這傢伙，眞的很擅長抓住現場氣氛呢。」

一起來幫忙的渚砂崇拜地說。

一整聽出苑繪的聲音微微顫抖。在陌生的場地爲第一次見面的孩子說故事，果然會緊張吧。然而，她攤開繪本站在會場的模樣，簡直像手持魔法書守護眾人，爲人朗讀幸福咒語的善良魔女。

騷動的孩子們總算安靜下來，不時隨故事發出笑聲，專心聽苑繪朗讀。一整想起自己從前最愛聽她說故事的聲音。

簽書會熱鬧滾滾地結束後，顧客迎著隆冬寒風一一散去，其中有特地前來櫻野鎮觀光的遊客，也有心滿意足手捧成疊簽名書，搭乘觀光飯店的接駁小巴士返回山腳下的顧客。開車前來的人、在鎮上找好旅館的人，或是有家可回的人，紛紛從廢棄校舍佇立的山丘走下商店街所在的小鎮中心，期待參加夜晚的星夜祭。

櫻野鎮慢慢迎接黃昏時刻到來，小鎮四處亮起星光般的小燈。根據穿自己的圍裙幫忙活動的透所說，星夜祭放入湖中的水燈，是小號的燈籠。這時，忽然傳來叮咚鐘響，回頭望去，同樣亮起燈的廢棄校舍鐘塔，在小鎮的天空下清脆地報時。

鎮上五顏六色的燈火倒映在河川和水面上，整座小鎮彷彿鑲上了群星。

人們三三兩兩地走上步道，一整不知何時與蓬野純也並肩同行。

昏暗的巷弄裡，小小的三花貓如同一道幻影，奔過眼前。

純也忽然開口。「我有事情必須向你道歉。」

他緩緩道來，在他們同住的孩提時代，他曾不小心害死一整心愛的小貓，瞞著眾人替貓做了墳墓，沒將此事告訴一整。

（是嗎，原來那隻小貓死掉了啊……）

一整平靜地想著，無論如何尋找、如何等待，都見不到牠了啊。

心中彷彿看見兒時的自己低下頭，說了句「是嗎」。不可思議，那孩子看起來並不哀傷，不久便抬頭微笑。

「蓬野老師，」一整喊住領先自己半步，身材比自己高大的作家。

「謝謝你一直記得那隻小貓，我聽了很高興。」

「你願意原諒我嗎？」

「哪需要原諒。」一整對回過頭來的表哥露出笑臉。「感謝你都來不及了。」

小鎮被地面燃起的點點星光照亮，隨著夜晚接近、夜幕降臨，逐一亮起一盞又一盞的燈籠。在光旁誕生的暗影中，一整彷彿看見已不復在的小貓耳朵和眼睛。

從前那隻小貓死了，但總覺得牠現在仍活在時光的縫隙中，在這種舉辦祭典的夜晚，每逢被人想起，就會短暫地醒過來。那個縹緲虛無的小生命，彷彿被風吹散，從地面消失，但牠確實曾經活在這個世界上，只要有人還記得，牠的靈魂或許就會永駐於世，睡在地球這個美麗、巨大的搖籃上。

「地球就像搖籃，懷抱著許多生命的回憶，遨遊在宇宙中。」

如同《四月的魚》的作者團重彥，寫下的這句話。

同樣地，一整和純也短暫存在地球，終將回歸塵土——同時留存於某人的記憶，成爲愛著他們的人們的回憶風景，化作構成地球這顆星球歷史的一環。這是一片微小卻值得驕傲的碎片。

「謝謝你沒忘記那隻小貓……哥。」

一整加快腳步，與純也並肩走路，抬起頭對他說。

因爲一整是第一次參加櫻野鎮舉辦的星夜祭，面對山間小鎮亮起的無數燈火，他只能吞聲屏息，折服不已。

光流向湖中，湖泊周圍的冷杉森林燈光四溢。

星空燦爛耀眼，如同打翻了銀鑽。

（整座小鎮好像變成了一棵聖誕樹。）

他思忖。

「好像聖誕樹啊。」

苑繪說出一樣的感想。

「世界怎會如此漂亮呢。」

她邊說邊著迷地望著附近的風景，差點在結凍的積雪上滑倒。

一整趕緊伸手攙扶，她害羞地笑了笑。

苑繪坐渚砂的車，兩人一起來協助簽書活動。副店長塚本開著自己的德國車來，工讀生九田則騎著誇張的七百五十CC重機前來幫忙。

——帥是很帥啦，但他不小心迷路遲到，害大夥兒擔心了一下。

一整很感激夥伴的支援，睽違許久和大夥兒一起工作，他覺得開心滿足；尤其苑繪就在身邊，讓人如此放鬆，連心情都暖洋洋的。

在古老的小學圖書館朗讀故事的聲音美如歌唱，滿是對物語及孩子的愛情。一整這才想起從前在銀河堂書店工作，一個月舉行數次說故事活動時，自己總多麼期待聽到苑繪的聲音。那舒服的語調，宛如對孩子輕輕伸出的溫柔雙手。

和苑繪平時的聲音截然不同，如女神般莊嚴。話雖如此，她還是老樣子容易摔跤，讓人片刻大意不得。但是，就連這種擔心的心情也很愉快，一整開心地發現自己樂在其中。

（星夜祭嗎……）

根據傳說，在今晚許願似乎能實現心願。在如此魔幻美麗的夜晚，感覺發生任何奇蹟都不奇怪。

天上有神亮起的星光，地面有人們點亮的燈籠，溫暖發光。

一整覺得這樣便已足夠。

「眞的好美。」

能欣賞到如此美景，今日的簽書會也熱鬧落幕，他覺得自己已實現了所有的願望。

「如果還想貪心許願，似乎會受到報應。」

苑繪在身旁輕輕點頭。

她大大的褐色眼睛閃閃發光，好像藏了星星。

白色大衣很適合她，像極了天使。

（對了，若要祈禱……）

一整淺淺一笑。

（希望這個善良可愛，總讓人放不下心的女孩能獲得幸福，未來不再遇到寒冷、寂寞及悲傷的時刻，不會傷心哭泣。）

如果可以，請在她快要摔倒時，至少有我能伸出援手。

假如世上眞有魔法，一整認爲，這是眼前的女孩最適合收到的祝福。

仰望星空，倘若這片天空之上眞有能實現願望的溫柔力量，他要獻上祈禱。

請讓所有善良的人得到祝福。

灰色雲朵慢慢流過天空，聚集在一起。

不久，天空終於飄下粉雪，彷彿降下溫柔的話語。

同一時刻，一整和苑繪皆未發現三神渚砂躲在冷杉樹林間偷看他們。

渚砂用悲傷沉重的表情望著兩人背影半晌，隨即聳聳肩，躡手躡腳轉身回鎮上。

就在這一刻，渚砂的鼻子撞到站在身後的某人胸膛，她吃驚且惱羞地說：

「喂，你站在這裡做什麼？」

是蓬野純也。

「沒幹麼啊，有點擔心。這時候究竟該上前告白，還是躲在角落默默守護。」

純也身穿看似保暖（且昂貴）的大衣笑著，以擔心溫柔的眼神注視渚砂。

穿著那件絨毛褐色大衣，頗像隻聖伯納犬，渚砂忍不住笑出來。她明明很想哭。

她勾起蓬野的手臂，食指附在唇邊說「回去囉」。

「妳不告白嗎？也不告訴他，妳就是星之松鴉？」

渚砂聳聳肩膀，拖著蓬野一步步走向下雪的道路。蓬野開口：

「而且，這件事只在這裡說，那天我可是鼓足了勇氣才打給一整喔？還要若無其事地和他說。虧我這麼拚命。」

「我才沒有那種惡劣的興趣，打擾氣氛正好的兩人。」

但也不想弄得自己灰頭土臉。她笑著喃喃自語。

（人生總有一、兩個祕密吧？）

下雪的道路難以行走，一不小心就會滑倒。即便穿上了靴子還是好冷，彷彿只要稍微停下來就會凍僵。

（心裡也冷冰冰的。）

還是快點回去吧，回到人們聚集的光明小鎮，在溫暖的光芒中呼吸，調整節奏，應該就能慢慢消化今晚的種種，在心中留下美景。

（他們是天生一對。）

兩人很幸福，太好了——現在渚砂還無法開心地這麼想，但終有一天，能夠發自內心替他們高興。

（因爲我很堅強。）

渚砂喜歡堅強的自己。

她微笑抬頭，粉雪輕飄飄地落下，掉進眼裡，如眼淚般融化，雖然冰冰的，但很舒服。吐出吹入胸口的寒風，就能矇混想哭的心情。除此之外，渚砂很高興身邊有蓬野這隻心地善良的雪地救難犬陪伴。

（和他一起走，連雪路也不滑了。不愧是救難犬。）

有了好心人陪伴，渚砂知道自己可以成功微笑。

「聽說觀光飯店的酒吧開到很晚，老師，你願意陪心碎的可憐羔羊喝兩杯嗎？」

「渚砂小姐想去，我當然樂意奉陪。」

「你要請客嗎？」

「好啊。」

「耶！」

渚砂呼出白色氣息，漫步星空下。

儘管難過到胸口快要撕裂，幸好現在有溫暖的臂膀支持著她。

有人願意若無其事地呼喚她的名字。因爲察覺這點，渚砂下定決心不再回頭，咬緊牙根向前邁進。

（這樣的夜晚，不也挺浪漫的？）

渚砂揚起笑容。

她並非逞強，是眞的愉快。

然後，她在短短一瞬間許下心願。

（神啊，您若聽見了，請祝福這隻好心的救難犬吧——）

（因為，我已經非常幸福了。）

此外——

這一晚，在商店街的老鋪居酒屋，鎮長福本薰與柏葉鳴海對飲著當地特產的清酒。

很久以前，兩人曾在工作場合同席，慶祝久別重逢，活動結束後順勢過來小聚一番。

櫻風堂書店的活動，「小鳴鳴」柏葉鳴海怎麼可能缺席呢。

她在人潮的掌聲歡呼下，語氣優美地即席朗讀高岡和蓬野的書，接受眾人喝采。朗讀到《四月的魚》的尾聲時，彷彿女主角理香子本人親臨現場。

她的活躍與簽書會盛大爆滿的樣子，透過參加者之手拍成照片或短片，上傳到網路上，流傳到全日本和世界各地。這個小小的鄉鎮，被時光洪流遺忘的觀光地，再次悄然於人們的記憶中甦醒。

趁著居酒屋老闆有事離席，鳴海突然問薰：

「對了，傳說中的公主，後來到底怎麼樣了？我知道這是天上會降下星星的童話故事，結局不重要，但就是莫名在意。」

薰輕輕一笑，說道：

「這個傳說版本，其實和眞正的故事不同喔。鞠公主逃到漆黑的山裡時，黑夜中的確點亮了光芒，但那並非從天而降的魔法星光。」

「咦？怎麼說呢？」

「村裡的人無法坐視鞠公主獨自翻越山川湖泊，所以提著小小的燈籠，悄悄爲公主引路，幫助她逃走。他們牽著公主的手，帶她繞過湖泊，跨越山嶺，一直護送她到部下約定見面的地方。」

「什麼！太了不起了，這不是會引來殺身之禍嗎？」

「是啊，祖先們賭上性命呢。幸好鞠公主順利逃亡，皆大歡喜。」

「那怎麼會演變成星星救人的傳說呢？」

「因爲——」薰露出調皮的笑容。

「祖先們怎麼可能忍著不講自己的英勇事蹟，還有大家齊心合力引發的奇蹟呢？他們想把這則佳話流傳給子子孫孫，但要是說實話，村莊會因爲觸犯禁忌引來殺頭之罪，他們才把這件事改編成傳說故事吧？」

「原來如此。」

鳴海再度側頭。

「那麼，這個眞實版本，櫻野鎭的居民都知道嗎？知道卻瞞著不說？」

「嗯——不確定呢，知道的人就知道吧。」

薰笑了笑，邊將日本酒杯舉到嘴邊。

「像我就知道呀，畢竟福本家是村長的後代子孫——悄悄告訴妳喔，很久以前，曾有一個德國人嫁入福本家，聽說那個德國新娘的祖先，是很久以前遠渡海外的日本公主呢。這件事隱瞞了很久，已經快要失傳，我也不知道詳細情形，連公主的名字也不可考了。不過，那個人對日本很感興趣，聽說在國外認識了去留學的福本家祖先，最後才會嫁到日本，類似回到故鄉吧。因此，福本家也有這個傳說。」

「哇，眞奇妙，妳查過那位公主是不是鞠公主嗎？」

「這種事查了就不好玩了，魔法可會溜走喲。」

「好像有點懂，又不太懂。」

鳴海笑了出來。

薰也笑了，繼續說道：

「我相信魔法眞的存在喲，也許上帝和天使眞的降下了星星，人們也用溫柔的雙手在地面點亮燈籠。這不是很美妙嗎？我很高興自己是櫻野鎮——這個村子的後代子孫。如果我的身上眞的流著鞠公主的血，當然一定要回到村子裡。有朝一日，一定要帶著最棒的禮物回到這裡，送給村人呀。」

鳴海心情飄飄然地戳著鹽烤沙丁魚，享受著淡淡的苦味，望向窗外的夜空。

不知是不是錯覺，總覺得在雪雲之間，望見點點星光。

但就算看不見，天上的確有星星。

如常地對地下投射星光。

用數不盡的小小燈火，照亮大地。

後記

本書《串起星星的手》是同樣由ＰＨＰ研究所在二〇一六年秋天出版的《櫻風堂書店奇蹟物語》的續集。《櫻風堂書店奇蹟物語》講述在城市書店工作的年輕店員——月原一整，因爲不幸的事件被迫離職，在因緣際會下決定繼承古老鄉下小書店的故事。

本書是接下來的後續發展。月原一整和櫻風堂書店的物語，也將在本書完結。第一集《櫻風堂書店奇蹟物語》有幸榮獲二〇一七年書店大賞第五名，多虧各位的支持，佳評如潮，身爲作者（包含出版本書的ＰＨＰ研究所），原先無意讓月原一整的故事在此結束，但是當我寫到最終章時，心裡便察覺「啊啊，這樣一來，故事都已交待清楚了」。

偶爾就是會有這樣的故事，登場人物擅自漂亮落幕，我的耳邊彷彿聽見旁白的聲音說「從今以後，一行人過著幸福快樂的生活」。

對了，《櫻風堂書店奇蹟物語》中提到一本書因爲登場人物的熱情推廣，戲劇化地引爆熱賣。隨著書籍賣到各個角落，其中發生的種種篇章，都是現實中的書店會出現的合理情節，也是實際上會運用的手法，我一面想像書籍藉由這些方式熱賣的可能，一面寫下這個故事。實際成文之後，過程卻缺乏現實感，變得挺夢幻的……

《櫻風堂書店奇蹟物語》出版之後，日本書店眞的發生了一件盛事。盛岡的澤屋書店車站大樓FES"AN店，想出了神祕的「文庫X」行銷法，成功引發潮流，在全國書店的響應下，一舉成爲熱門暢銷書，相信這件出版奇蹟，許多人都還記憶猶新吧。這間書店的店員——長江貴士先生相中了一本書（註），爲了讓顧客不產生先入爲主的感受，刻意將書名和書封包起來，把推薦喊話寫在書店原創的書衣上，做成覆面書來賣。

「文庫X」附上店員的眞誠喊話「希望你讀讀這本書」，首先當然在澤屋書店FES"AN店造成熱賣。儘管消費者無法事先得知書名和內容，但因澤屋書店長久以來在消費者間信譽良好，加上這間書店擁有許多願意因爲有趣而買書、對知識充滿好奇心的讀者，我認爲這才是成功的關鍵。我剛好在推特上追到這本書瘋傳的盛況，從轉推的隻字片語中，不難看出這些平時就很支持澤屋書店的「顧客」帳號，對於該店的熱愛及信賴。

即便書店再努力「玩企畫」，沒有這些願意在第一時間出來響應的熱情「顧客」，書一樣賣不動。這些「顧客」的支持響應，也是引發奇蹟的重要力量，由此可見，這間書店擁有非常棒的支持客群。除此之外，澤屋書店也是以培養讀者聞名的書店。關於澤屋書店和「文庫X」的事蹟，各出版社和當事人（指澤屋書店的所有相關人員）出版了數本有趣的關聯書，每一本都相當有趣，還沒讀過的人務必一讀。

「文庫X」走紅之後，才引來電視新聞等舊媒體爭相報導，但一開始是在推特引發話題的。全國書店店員看到這個企畫，引發共鳴，在自家書店跟進，其中也有好幾家店自製原創書衣，結合為話題，最後終於在全國書店熱賣。我自己也是即時追隨話題的其中一員，還記得當時的氣氛就像參加祭典一樣熱鬧。

就算不是自己的書，聽到書籍熱賣的過程，總是相當開心。起初由一位店員誠心發起的企畫，博得廣大的共鳴和迴響，逐漸傳開，如此戲劇化的過程簡直堪比電影，回想起來還是相當愉快。出版業界平時幾乎沒什麼好消息，偶爾能發生一點出版奇蹟，每天回想起來還是很感動啊。

此外，我也深感悔恨，如果「文庫X」的事情發生得更早，我就可以一起寫進《櫻風堂書店奇蹟物語》裡了。

好想在書裡以成功實例介紹這個可能引發的奇蹟。

如果眼前有一本好書，和一位懇切希望大家讀讀看的書店店員，這樣的奇蹟就有可能

註：即清水潔的《連續殺人犯還在外面：由冤案開始，卻也在冤案止步：北關東連續誘拐殺害女童案件未解之謎》，屬於非小說的精采犯罪報導文學，在台灣也由獨步文化出版。

發生——我想舉出實例，引發更多討論。

另外，藉由特製書衣包裝打造暢銷書的實例，同時期在栃木縣的複合式書店USAGIYA也發生了奇蹟，這家書店選了《奇蹟寄物商》（作者大山淳子，台灣由馬可孛羅出版），製作了書店原創的柔和版書衣，引起顧客注意，進而成爲暢銷書。這版原創書衣透過新聞和推特介紹，廣傳到全國書店，在每一間店引發連鎖效應，現在依然長銷。

我也好想在《櫻風堂書店奇蹟物語》裡，舉出USAGIYA的事蹟當作實例啊。

每次書店掀起話題，難免看到沉重的新聞。但不要忘記，仍有書店在努力思索「還能做些什麼」、「這本書應該可以賣得更好」。

好，回到書裡。這本《串起星星的手》形式上是續集，實際上是將寫第一集時就埋好的逸事伏筆當作主線。後半部在廢棄校舍舉辦了簽書會。還記得嗎？在第一集的序章，三花貓愛麗絲就是在廢棄校舍裡登場，因爲當時我就想將那裡設爲未來的故事舞台。本來想在第一集的最後放入簽書會，但當時頁數和時間都不夠用了。

最後變成將最初構思的故事分成兩集寫完。但我認爲，這是最適合這個故事的長度和方式。能將故事用最棒的方式寫完，我很感謝這份幸運。

因爲變成兩集，也誕生了幾位新角色。

其中音樂咖啡廳風貓的老闆，當過編輯的藤森章太郎（暱稱風貓先生）有眞實的參考人物喔，這個人就是知名書店知識部落客、寫手，空犬太郎先生。

我因爲空犬先生的小孩青睞拙作，有幸認識他。我們主要都在推特交流，空犬先生的推文充滿對於書本、音樂、出版業界（還有ＳＦ與特攝）的喜愛及豐富的知識，非常充實，我打從心裡尊敬他。

我在寫這本《串起星星的手》的時候，也是邊回想空犬先生做的兩本名著《書店圖鑑》、《書店會議》（兩本都是夏葉社）邊寫的，也有實際取材訪問（此外也請教了作品如何構成，獲益良多，謝謝您）。由於機會難得，我想趁機在書中加入有參考範本的人物。剛好故事在換幕時需要人物銜接，我就把他寫進去了。

來到最後了，這次也承蒙鷗來堂校對和除錯，你們幫了我太多忙，感激之情溢於言表。這次在排版上也要感謝Every Sink公司給予莫大幫助。

這次日版封面一樣要謝謝Gemi畫了如此美麗、莊嚴的插圖，還有繼續爲我設計出最棒封面的岡本歌織（next door design），謝謝你們。

此外，這次因爲個人因素延遲交稿，幸好責任編輯橫田充信幫了我許多忙，書能順利付梓是您的功勞，謝謝您。

最後的結尾，請讓我用篇幅寫一點私事吧。

彷彿在等待書稿完成，我家的貓咪努力撐過這些日子，最後去當小天使了。也許她只是一隻平凡無奇的貓，卻是我心中世界第一無敵可愛的貓。她教會了我、給予了我許多美好，讓我在書籍的最後寫下重要話語的也是她。

寫完這本書後，她的離開也在故事最後鑲上一景。換個角度想，書頁中彷彿點亮了小小的光芒。也許貓咪微小的生命，會以這種方式永留於世。

如此這般，《櫻風堂書店奇蹟物語：串起星星的手》在此全部完成。月原一整與書店店員及人們的故事，是否讓各位樂在其中呢？

附帶一提，書中登場的星野百貨的故事，請見《百貨的魔法》（台灣由悅知文化出版）。簡單來說，這本書是兩本櫻風堂書店物語的姊妹作，若能有緣由您拿起，是我的幸福。

二〇一八年七月六日

靜靜下著雨的夜晚

村山早紀

NIL 32／櫻風堂書店奇蹟物語：
串起星星的手

原著書名／星をつなぐ手 桜風堂ものがたり
原出版者／PHP研究所
作　者／村山早紀
翻　譯／韓宛庭
編輯總監／劉麗真
責任編輯／詹凱婷
總　經　理／陳逸瑛
榮譽社長／詹宏志
發　行　人／涂玉雲
出　版　社／獨步文化
城邦文化事業股份有限公司
104台北市中山區民生東路二段141號5樓
電話：(02) 2500-7696　傳眞：(02) 2500-1967
發　行／英屬蓋曼群島商家庭傳媒股份有限公司
城邦分公司
104 台北市中山區民生東路二段141號2樓
網址／www.cite.com.tw
讀者服務專線／(02) 2500-7718；2500-7719
服務時間／週一至週五：09：30～12：00　13：30～17：00
24小時傳眞服務／(02) 2500-1900；2500-1991
讀者服務信箱E-mail／service@readingclub.com.tw
劃撥帳號／19863813
戶名／書虫股份有限公司
香港發行所／城邦（香港）出版集團有限公司
香港灣仔駱克道193號號1樓東超商業中心
電話／(852) 2508-6231　傳眞／(852) 2578-9337
E-mail／hkcite@biznetvigator.com
馬新發行所／城邦（馬新）出版集團
Cite (M) Sdn Bhd
41, Jalan Radin Anum, Bandar Baru Sri Petaling,
57000 Kuala Lumpur, Malaysia.
Tel: (603) 90578822
Fax:(603) 90576622
email:cite@cite.com.my
封面設計／蕭旭芳
排　版／游淑萍
印　刷／中原印刷傳媒股份有限公司
●2020（民109）1月初版
售價340元
HOSHI WO TSUNAGU TE

First original Japanese edition published by PHP Institute , Inc .
Traditional Chinese translation rights arranged with PHP Institute, Inc .
throuth AMANN CO., LTD., Taipeil.
 ISBN 978-957-9447-56-0

國家圖書館出版品預行編目資料

櫻風堂書店奇蹟物語：串起星星的手 / 村山早紀著 ; 韓宛庭譯 . –初版. – 台北市：獨步文化，城邦文化出版：家庭傳媒城邦分公司發行，民109
面 ； 公分. --（NIL ; 32）
譯自：星をつなぐ手　桜風堂ものがたり
ISBN 978-957-9447-56-0
861.57　　108019348